记忆纷飞的世界

曾小强 著

暨南大学出版社
JINAN UNIVERSITY PRESS

中国·广州

图书在版编目（CIP）数据

记忆纷飞的世界 / 曾小强著. -- 广州 ： 暨南大学
出版社，2025. 4. -- ISBN 978-7-5668-3998-5

Ⅰ. I267

中国国家版本馆 CIP 数据核字第 2024POM653 号

记忆纷飞的世界

JIYI FENFEI DE SHIJIE

著　者：曾小强

....

出 版 人：阳　翼
责任编辑：潘江曼　梁念慈
责任校对：许碧雅
责任印制：周一丹　郑玉婷

出版发行：暨南大学出版社（511434）
电　　话：总编室（8620）31105261
　　　　　营销部（8620）37331682　37331689
传　　真：（8620）31105289（办公室）　37331684（营销部）
网　　址：http：//www.jnupress.com
排　　版：广州良弓广告有限公司
印　　刷：广东信源文化科技有限公司
开　　本：850mm×1168mm　1/32
印　　张：8.25
字　　数：210 千
版　　次：2025 年 4 月第 1 版
印　　次：2025 年 4 月第 1 次
定　　价：39.80 元

（暨大版图书如有印装质量问题，请与出版社总编室联系调换）

引　言

　　我从小就是一个追求安稳的人，准确来说，是一个不善于适应新环境的人，习惯了一个地方、一种生活方式，便不再喜欢新的变化。但命运好像爱开玩笑，让我从那个山脚下的小村庄，到小城镇，到小城市，后来到大城市，再到国外，直至在很久后的一天，回到启程的地方。

　　后来我终于发现了，原来……如果心有所属，无论在哪里都是美好的，于是离别使人变得惆怅。但，如果心无所属，那飘向哪里都是一样的，也无所谓离别了。

　　伴随着太多的离别和改变，最后我竟也慢慢习惯了。在这条走了很长时间的路上，碰巧有天马行空的想法，于是便整理出来，探究神奇的思想。这一路上，自己的思想也像进行了一场旅行，出发时从未想到会越走越远，远到要花很多的力气和很大的勇气才能走回来。

　　记得十来岁时，在暑假，当清晨的天边出现鱼肚白时，我喜欢脱掉凉鞋，爬上小院的土墙，坐在上面，吹着凉风，晃着双脚，看着一片片树叶从高大的树上落下，周围的房顶开始炊烟袅袅，远处的农家人正走在去稻田的路上，优哉游哉……丢掉白天的记忆，到了太阳落山的时候，我便喜欢躺在小楼的天台上，读一本武侠小说，偶然抬头看看飘过的云朵，想着在远方工作的父母正在忙什么，直至远处山顶的灯塔闪烁出点点亮光。

你们都在忙着，忙着在人潮中前行，全世界好像只剩下我自己在"飘荡"。

正因有太多这样面对自己的时间，我自小就养成了胡思乱想的习惯。在高中某一天的课堂上，窗外蝉鸣不止，教室头顶的风扇吱吱作响。我开了小差，扭头看了一眼窗外无尽的蓝天，突然思考了一下生活的世界，如此突然……后来竟沉迷于对自身的了解，对"记忆"产生许多天马行空的想法，以至于时常半夜失眠。

直到一个电闪雷鸣的深夜，我忍不住开了灯，匆忙记下了那一刻的想法。自此以后，这个奇妙的世界对我开了一扇门，开始作为一种专注的寄托和一个思想的港湾，又如一件正在雕刻的艺术品，只是多年后不经意，它竟成了一本书。

在一条路上走了很远很远……从繁华到凋零，从一样到不一样，路上的人越来越少了，只能自我安慰，既然被安排走不一样的路，注定是艰辛的，但也是有收获的。记忆变得前所未有的五彩缤纷。只是后来，孤单依旧占了上风，记忆开始变得狂躁，精力开始不足了。于是，寻找归途，渴望回到原点去歇息，体会那些早就该拥有的最简单的幸福。后来，我的世界剩下一曲 Memory。

从深山老林里走来一个深藏武功之人，他将剑拔出，一招定成败，自此得到浪迹天涯的勇气。其实，无论无边际的思想是否能被读懂，我都获得了自由。

这不是忘掉记忆，只是不与过去纠缠。当走过旧屋前庭，嗅到一抹野花的清香，我依然拥有年少时淡淡的快乐和美好。写下这些，单纯是想能有更多的人看看我们身处的世界，当然，这些想法不需要被刻意认同。毕竟，它们只是想法而已。只希望使你萌生一丝好奇，尝试从另一个角度去观察世界，看看我们最深处的自己。又或者，能作为一种无聊时的消遣，也是极好的。

人生终归应该有一次总结，通过某种方式记录记忆，或许在

35 岁时，或许在 65 岁时。在我们的前半生，当记忆力旺盛之时，对于人生角色的变幻莫测，对于奇思异想，用某一种方式，记录下那些冒险和精彩。只为告诉别人，又或者只为告诉自己，我就是我，和你不一样。或许，到了暮年，当记忆力开始衰退之时，我们对生命的认识、对人生意义的定义，以及对于如何应对社会、在人群中怎样运筹帷幄，有着更深刻的理解，留些对后人说的话，以给他人指引。

也许，我们既应该和年轻人在一起，也应该多聆听有着丰富人生阅历的智者们说的话。因为经历不同，偶尔一件让我们觉得焦虑和不安的、很严重的事，到别人那儿却是一笑而过，他/她知道，那都不是事。

不过既然你翻开了此书，走进了我的世界，那我们就不是陌生人了。有些对你隐瞒的，或者一笔带过的故事，它只适合对一个陌生人说，这个被定义为"陌生"的人，不但以前是，将来也是。

书的前半部分是"了解自己"，后半部分是"看看世界"。因为每篇文章之间有些内容是相关联的，所以某些概念或者观点在不同的文章中会多次出现，对这部分简单了解或者跳阅即可。但为了阅读轻松，不至于疲惫，有些关联性强的文章，也可能会被刻意分开，散落在不同的地方。对于此书，强烈建议你放松心情，随意地翻阅，身旁放一曲你喜欢的音乐，就最好不过了。这不是一部剧情小说，愿你读得慢一些。安静下来，才能走入这个梦幻世界。

有一天，你拉我到一个安静的地方，对我说，这里太漂亮了。而我只看到平常的风景，最有感触的莫过于是林荫道旁那一栋蓝白相间的房子上随风摇摆的花窗。而你踩着落叶，驻足抬头，依依不舍……斑驳的阳光穿过树叶落在你洋溢着幸福的脸上，这里一定有过你最美好的记忆。

目　录

关于记忆

　　记忆是个很有趣的东西，它决定了我们太多的东西，甚至说是所有东西。好像是我们在控制它，又好像是它在控制我们，我们无法随心所欲地去改变记忆，并且这些附带情感的记忆，即使是微不足道的，也可能影响着我们的一生。正是如此，在我们收集人生记忆时，便要小心翼翼了。

　　记忆，孕育在灯火阑珊处，有对家人、对爱人、对自己的承诺。你忙着一件你以为有意义的事，那就是幸福了。只是，你我寻找意义的方式，总是不同的。

我们的记忆

选一首慢音乐，调低音量，就这样开始吧
站在楼上
傍晚六点半
窗外的天空还很蓝
晚霞在远处一排低楼上方飘着
偶尔飞过的鸟儿
朝着天边而去
让你突然冲动
与一个未知的人
浪迹天涯　一辈子

当第一缕阳光在天边隐现，清晨的风吹过，凉爽得让人感动，在一条寻找爱的悠长的公路上，你开始轻轻地哼唱……那些让你感动的画面，便是你的专属记忆，给了你这些回忆的过去是有意义的。但，或许你无奈一笑，即使已经很努力，也没有丝毫感觉。因为你从没有过这样的记忆，你尝试拼凑这样的画面，但这个拼凑起来的记忆无法触动你的情绪。

就好像，我充满幸福地回忆，试图向一个孩童讲述鲁迅的《从百草园到三味书屋》、朱自清的《荷塘月色》，是如此美好，而他却只知道那是一篇朗读过的文章而已。时光倒流，先辈要表达的情感却又不一定如我理解的这般，因为我联想到的只是儿时追逐蝴蝶的后花园。

那就继续我们的修行吧，这是一生的事情。

到了很久的后来，我们便有了野心，开始希望通过各种方法，让他人走入我们的思维和情绪，就像我尝试以文字去吸引你。不过努力后发现并不容易，结果通常也是一厢情愿。除非此刻你和我一样，略带思绪，安静地坐在阳台上看着远处的夕阳，手上拿着的书散发着与你我小时候的语文课本一样的味道。但，如果你还行走在路上，那就不要急着放弃这本书，可能它只是更适合在下一个季节阅读而已。

我们回到现在，你懂得了你接触的世界，却未曾懂得自己。

"你要去哪里？"

"我不知道，我只想保护你。"

"那你去街角那间店，它二楼窗边的阳台有一张桌子，桌子上洒满了阳光，偶然吹来的清风带着紫荆花的味道。"

"我已经出发。"

"你真好。"

"我的存在就是为了你。"

每一刻，你的大脑中有无数次这样不被察觉的问答和命令。

这是记忆在做的事情。每个人的记忆都不同，也许是你经历过的事，也许是你的设想，也许是一件美好的往事，也许根本不希望被回忆。

今天心情还不错，每件事情都在正常的轨道上，在白云朵朵的天空下，我坐在屋前的小石阶上。屋后的小花园显得安静，凉风吹过，脸都要酥麻了。角落那一墙小花带来一阵清香，懒洋洋的我就快要睡着了。悄悄地，青藤在努力沿着围墙往上爬，远处，树叶在风中轻轻摇摆。思绪开始飞扬，飞在空中，……一直有着这样的梦想，梦想！

在某种梦想生活来临前，在记忆不受控制前，活跃的思维还存在，太多的失眠之夜也因此不完全被浪费，于是有了一个故事的开始。因为记忆一旦获得了自由，便再也无法被束缚了。

一切的起点，是我们出生了。那是一个风和日丽的日子，你还在母亲肚子里的时候，你的身体已经开始构造本能反应的基础，这也是达尔文理论中关于进化的一环。经过了近十个月的进化，你完成了本能反应的生理构造。你本身就是物质世界的一部分，如哭、吃、喝、拉、撒这些一出生就有的本能，不是记忆，只是记忆来源的基础和载体。在你的大脑形成初期，除了神经触觉形成的记忆外，其实大脑大部分还是处于一种空白的状态。但是，伴随记忆载体——大脑的发育，一场更为复杂的旅程即将开始，这将伴随你的一生，并造就哲学世界里的"你"和你的"哲学世界"，这是所有文字诞生的基础。

记忆是分区域存放的，而且它们是相互联系的。体外环境（即现实）则是记忆的起点，这个起点由神经末梢完成传递。神经末梢是每个记忆的起始位置，在体内环境（即激素）的影响下完成我们一生的记录。记忆看上去就像一片弥漫着稻草味道的田野，有很多田埂通向不同的地方，在某一个未知的地方，藏着秋天的果实。

大脑的记忆粒子存在两种比较极端的情况：一种是产生了记忆预期，但粒子依然不能控制神经。如果长时间保持这个状态，就是我们常说的植物人了。如果是短暂的情况，通常是我们刚睡醒的时候，意识清醒，却动弹不了。另一种是外部环境无法通过神经控制粒子，从而产生记忆预期，即精神病患者。

❧ 我们的大脑 ❧

　　硬要打个比喻，大脑就像一台老式打印机，神经系统就好像传送指令的指针，指针末端有一颗电子被称为记忆粒子，我们身体内的不同激素就好像不同颜色的墨汁，大脑表层就好像纸张。这是最简单的理解方式了，实际上我们的大脑要比这个复杂得多。

　　当你出生后，你的妈妈第一次抱着你走到屋外，你看到了一棵树，妈妈告诉你这是一棵树。同时，你看到了旁边的一辆车。树的样子，包括外形和颜色，通过你的视觉神经传达到大脑，并在大脑中留下了痕迹。妈妈说话的时候，你的听觉神经的映射开始了，记忆粒子便快速运动到耳部神经末梢，并在大脑中留下了痕迹。同时，听觉和视觉神经形成的痕迹连在一起。就这样，妈妈的声音和树的外形两个痕迹之间留下了轨迹，再附加一些快乐的感觉，便形成一个小小的记忆网。于是，你学会了将树的外形和树的名称连接起来，在你以后漫长的人生中，当听到别人说树的时候，你便会想到这棵树的外形，偶尔还会想到一辆车，甚至有淡淡的幸福感。

　　现实通过记忆粒子映射到大脑形成的记忆网，产生了对你一生不可磨灭的影响。这些伴随着情感的记忆痕迹和轨迹将造就你的一生。

　　当然，记忆的痕迹也会随时间慢慢消失，不停地被覆盖和更新，你早已不是以前的你，即使是上一秒。但由于你处在相对固定的外部环境（特别是小时候的生长环境），记忆中留下了类似的痕迹，且在不断重复下，这个轨迹会越来越深刻，这就形成了每个人固有的惯性思维。记忆粒子进行痕迹刻录的过程，就是物质世界上的"现在"，而所有已经形成的痕迹和路径（轨迹），便是我们的记忆了。

这只是对记忆过程最简单的分析，实际上，我们的大脑比我们知道的更为厉害和复杂。比如，从树的痕迹到声音的痕迹的过程中，我们的大脑（记忆粒子）已经做了太多的工作。首先，"这是"要在脑部进行解析，然后还有判断，因为这是来源于"妈妈"的话语，同时因为附带的情绪是快乐的（即是有利的激素），所以大脑对说的话进行了肯定性的逻辑判断。粒子的运动路径实际从外形痕迹到"这是"痕迹，再由"妈妈"的痕迹到"是否"逻辑判断的痕迹，这个轨迹已经连接了多个痕迹，形成的结果便是思维预期。但一切都在瞬间完成，这离不开粒子的运动速度，正是这种光速般的刻录过程，加上发达的大脑，使得人类成为地球上哲学世界的主宰者。

我们的记忆是相关联的，通常以"网"的形式呈现。记忆网在形成时，附带着不同的激素，也就是我们常说的情绪的物质形式。

记忆网的存在是加深回忆的方式，是人类更好生存的基础。就像我们也许很快会忘记某一首听到的歌曲，或印象不深。但是，如果在听歌的同时，顺便看了视频，而且还被视频里的情节感动了。那么，旋律的记忆会是更深刻的，所构成的记忆更容易被想起（即使是单一地听歌也存在一张记忆网，它由不同旋律、歌词，外加情绪等构成。只不过，相比更多的神经组织和情感所构成的记忆网小了一点而已）。

❦ 记忆粒子 ❦

记忆粒子是大脑存在的一个带电粒子，它在大脑中不停地快速运动，而其运动的方式通常可以分为规律运动和无规律运动两种。

规律运动又分为记忆记录和记忆反作用两种。记忆记录，是指在同时受到神经和激素的影响下所表现的两种形式。第一种形式：记忆粒子在大脑中进行刻录，形成记忆痕迹，同时，粒子在痕迹之间运动形成轨迹，并共同组成记忆网；第二种形式：记忆粒子在已有的痕迹和轨迹间来回运动，即进入回忆模式，不断加深已有的记忆记录。

记忆反作用，是指受到环境的影响，记忆粒子以思维模式反向触动神经或者激素，从而产生自我保护的行为和情绪。

规律运动时，身体外和身体内的环境通过影响神经和激素，从而对记忆粒子的运动产生影响。

无规律运动，主要是人在放空或者深度睡眠状态下的运动，此时的记忆粒子处于悬空的状态，类似于人在太空中失重的状态，做着自由运动时一般不产生记忆记录或者记忆反作用。

有个细思极恐的假设，由于记忆记录和记忆反作用是两个动作，那就有一种可能：一个人刚去世时，只是记忆反作用失效，记忆粒子无法触动神经。比如，无法呼吸，无法睁开眼睛，无法说话。但在短时间内，还能进行记忆记录，旁人的说话声、紧紧握住他的手，他是能感受到的，能听得到的，只是无法再表达什么而已。

神经、激素、记忆粒子是一个整体关系，它们相互作用，相互依存。神经和激素会告诉记忆粒子要做什么，记忆粒子也会告诉神经和激素要做什么。

记忆记录是否深刻通常取决于三点：一是记忆粒子的记录程度，主要在于记忆粒子运动时的电量、频率和停留时间；二是记忆痕迹形成时的激素量；三是记忆痕迹和轨迹被回忆的次数。记忆粒子只有一个，所以记录的过程是有先后顺序的，只不过它的运动速度非常快，让人觉得总是可以一心多用，能同时做很多件事情。

今天走得太匆忙，坐在马桶上才发觉忘记拿手机了。静坐了一会儿后，毫无征兆地想起了那个人，又想起了曾经在一个美丽的秋天下午一起走在林荫道上的情景……这是我想到的吗？记忆粒子在厕所环境的影响下正好走到了那个记忆点。这个姿势、这个温度、这个湿度、眼前洁白的门、滴答的水声……在这样的环境驱动下，记忆粒子运动到这个记忆点。因为记忆粒子并没有预谋要到这里，它是受到当前环境的影响而被驱动，不是事先主动地"想到"，只不过是环境借用了我大脑里的记忆素材而已。

嗯，现在能专心上厕所的人确实已经不多了。

素食者和肉食者

　　假如你是一位肉食者，这里的内容并不会影响你日后的饮食习惯，因为一个小时后你很可能忘记了这些内容。但不排除有某个瞬间，会产生一些不舒服的感觉。当然，如果你只是将其作为一种理论去学习，没有与日常饮食的记忆联系一起，没有在大脑留下两者的轨迹的话，那就不会有任何影响。

　　某天深夜，当我就着白开水啃着红薯时，突然想到了一个问题。假如你正准备啃掉手里的鸭脖，而在几小时前你看着这只鸭子被宰杀，而且当时你正看着它的眼睛，那在这个时间点，你吃它时的感觉会与平常有所不同吗？

　　一定有的，小时候母亲曾告诉我，农村里养的牛，特别是那种耕作了一辈子的老牛，在被杀时，是会流眼泪的，主人是不敢正眼看的。

　　我们先聊聊素食者，一般素食者的形成有两种。一种是味觉因素，觉得肉不好吃；另一种是思想引导。两种因素通常相互影响。在这里，我们重点要说的是第二种。思想引导主要有两种，一种是明文规定，如寺庙；另一种则出于怜悯和情感因素，如当看见肉时，会想起这种动物活着时的样子，认为动物和人是一样的，并且对肉的恐惧形成习惯。正好相反的是，肉食者的存在一般也分为两种情况，一种是其不会去考虑动物的问题，压根就不存在怜悯或者恐惧这个困扰；另一种是认为人也是动物，只不过是食物链最高的一环，和草原上的狮子是一样的，我吃你就是应该的（本文说的素食者或者肉食者不是纯粹的，而是相对的）。

那好，我们再深入一点，从记忆的角度看，实际情况会是怎样的呢？这涉及两个维度，一是人的记忆，二是动物的记忆。

关于人的记忆，如果一个人是思想引导型素食者，那这是和记忆相关的。如果删除这个记忆，他/她就不一定是素食者了。就像刚出生不久的婴儿，只要能吃到肚子里，无论给他/她提供什么食物，他/她都会愿意吃。

而对于动物的记忆，即被杀者的记忆，我们通常认为，有大脑的动物都是有记忆的，这个原理和人是一样的。那么动物也是有记忆的，它也有思维，会作出预期的判断。虽然对比起人来说，这种思维反应非常简单。结论就是，你在宰杀它时，它一样充满恐惧，会乞求你放过它，或是通过眼神，或是通过叫声等。

那么可以说，正是动物记忆的存在，让我们产生了对它们的怜悯之心。

我们尝试换一种方式，如果有一天科技能实现对记忆的删除，将动物的记忆删除后，我们吃它的时候是不是就不会再产生这种怜悯之心了呢？从理论上说，是的。动物被宰杀的前一刻，甚至不知道"恐惧"是什么东西，只不过是疼痛让它叫了几声而已。但别忘了，虽然动物没了记忆，但人还是有记忆的，人对这个动物的原始记忆还是存在的。这样，只有同时将人对该动物的记忆删除，人才能从一开始就认为它是一个没有记忆的对象，那人对这个动物进行宰杀时，就真正没有了怜悯之心。所以，在现实生活中，人们既想满足食欲，又想减轻这种怜悯之情，不少倾向素食的人总是不自觉地乐意食用海鲜之类较低等的动物，所谓的低等动物即是我们认为它们的脑部发育低下、记忆少的动物，而且生活中较少接触它们，相互缺少情感，没有太多的记忆往来。当然，这种情况对每个个体来说，是不同的。如前面所说，怜悯与否，还取决于人本身对某个动物的具体记忆。比如，即使你是肉食者，但这个低等动物若是你精心饲养、一直陪伴在身边的，那你或许也是会抗拒食用的。

生存法则与道德观念

就好像此刻，我坐在一辆的士里，的士的暖气开得很足，电台广播说室外非常寒冷，温度已达零下摄氏度。小车行驶道的右边是一片小树林，我注意到有只野狗在自由奔跑。左边是一条铁轨，一辆挤满上班人群的破旧列车正慢慢开过，列车上有一群麻木的人，没有朝气。我想别人看到的我也一定是这样的，于是乎我变得冲动，我想我们难道不应该过一种更洒脱、更有激情、更有活力的生活吗？是的，我们不应该这样。一气之下，我下了车，凉风吹过，果然变得神清气爽。嗯，我要从我做起，打破这个规矩，回归自然。只不过，好像事情开始变化了，当我冒着寒风走了十多分钟，便有饥寒交迫的感觉，我已经承受不住了。我想，如果我不去工作，付不起车费，会不会每天都这样饥寒交迫。天啊，后果不堪设想。这时，又一辆列车过来，我开始觉得我应该回到车上了。

似乎我们大多数人都不会怀疑那些按部就班的生活方式，到了一定的年龄，我们会去读书、工作、结婚生子，最后在不变的生活中老去。我们不善于打破这些设定好的模式，它是人类的经验总结，对个体而言已经是最好的生存模式了。即使偶尔被打破，也不过是提早或延迟，稍加调整而已，毕竟过段时间，还是要回归到那条设定的轨道的。即便有偏离，大体上也是相似的。我们无法离开这个轨道，不是不够坚强，而是那样的状态本来就是最优的。

道德是牵引我们朝着既定社会轨迹行走的动力，它更像是一种社会关系的润滑剂。道德行为同时满足两个条件：一是这个行为是利他的，二是这个行为是利己的，是隐性的（倾向心理上）。我们手拿着果皮寻找垃圾箱，因为随便扔掉的话心里会不好受，所以就不会随地乱扔了，而正好这个行为是利他的。它指引我们在社会轨迹上安分守己地前进。

但我们现在的环境变化太大了，有些传统的道德是无法继承的，这不怪你，也不必自责。如我们从书中知道，有些传颂千古的凄美爱情故事，相爱的一方如果早早离去，另一方便独守好长时间，甚至下半生，我们以此传为美德。但是我们容易忽略的是，故事的主人公可能生活在一个偏僻之处，除了白天的辛苦劳作，便是晚上不断重复的思念，关于对方过去的记忆不停被刷新，记忆的痕迹越来越深刻，思念便会一直在那里。

回到今天，我们身在各种圈子，如朋友圈、同事圈、亲戚家人圈。即使对方离开我们，我们的大脑会马上受到新环境的影响，我们也要继续思考并投入烦琐的工作中，接着我们被叫出去吃饭聊天，被唤去灯光迷离的酒吧，被拉去认识新的人，环境的变化让我们的记忆应接不暇。科技的发展，让我们可以轻易认识和了解一个陌生人。而我们和对方过去的记忆除了在深夜时分被重复刷新过几次外，记忆黏附的激素很快就会被新的记忆所覆盖，最后仅留下一个不带情感的回忆。这样的结果终究会发生，不过是时间快慢的区别。其实这由不得我们，这是我们每个人的大脑决定的，是现代社会带来的影响。只不过，从人生的意义来说，这种遗忘何尝不是一件好事呢？

❧ 聪明和成功 ❧

在说成功之前，先说说我们经常联想到的两个相关的词语——聪明与愚蠢。我们都知道，它们是相对的。你在某个领域、某个时期或时刻是聪明的，或者在某个群体、某个人的眼里是聪明的，但换一个场景和角度，很可能你会被认为是愚蠢的。我们每个人都不应该骄傲自大，也不应该妄自菲薄。但抛开哲学层面的判断，从我们的大脑来看，有没有聪明和愚蠢之分呢？答案是有的，并且体现在三个方面：记忆力、思维能力、记忆范围。

第一个方面是记忆力。记忆力是指在相近的外部条件和思维方式下，能对事项记录的深刻程度。比如，我们同时听到一种声音或看到一样东西，认真程度相近，也没有运用什么联想方法和手段，但你能记得更深刻，而别人却很容易遗忘。这和我们的大脑有关，外部环境通过神经触动记忆粒子运动后，能在大脑留下更深的记忆痕迹。

第二个方面是思维能力。思维能力和我们的记忆轨迹相关，即通过存在的记忆，将多种不同的事物联系起来，或者快速地将事物联系起来。先说第一种情况，即将多个不同的事物联系起来，并且形成特定的逻辑关系，人的大脑具有这个能力（这是记忆预期体现出来的一种思维能力）。但区分聪明和愚蠢，通常是以结果为导向的，比如牛顿将引力和苹果相联系，总结出定律，他被认为是聪明的，但如果结果是不被认可的（也可能是别人暂时还没有认识到这个结论的价值），那往往被认为是胡思乱想，甚至会被认为得精神病了。其实，大多伟大的发现都来源于这种方式，我们每个人都有灵感，只不过更多的时候，它仅仅是一闪而过。而天才拥有更多想象，而且被认识和验证了。第二种情况，是快速将事物联系起来，如我们常说，这个人反应很快。这是因为在大脑中，每个人都有自己的专属兴奋区域，当记忆粒子在这个区域运动时，便能快速触发人的兴奋激素，在这个环境下，记忆粒子非常活跃，所以这个人在这个领域也会表现得很聪明，或者说表现得更擅长。另外，这也受到身体的影响，比如当我们的体质好时，记忆粒子也更加充满能量。

联想是人非常伟大的能力之一，这是我们学习的一种基本的方式。即使是学习英语，如果我们专注于听对方说的每个单词是什么意思，一定很难听懂，但如果基于当前的环境，先快速猜测对方要说什么，利用联想，再结合对方的语言，便会更容易理解对方在说什么。其实，我们的日常交流不也是这样的吗？有时只是我们没察觉而已。

第三个方面是记忆范围。记忆范围即我们经常说的"懂得更多""见多识广"，是因为你了解了别人没有的信息，知道了别人不知道的东西。在大脑中，你脑部储存的记忆痕迹比别人多，这个和体质没有强相关，通常和一个人的阅历有关。

综合上述三个方面，虽然我们聪明与否，和我们自身体质有一定的关系，但更重要的是找对自己的领域，找对自己的兴奋点，开阔自己的视野，敢于去想象，这样你可以更容易表现得聪明，或者取得成功。

其实，还有一种聪明是非智力方面的，主要体现在身体组织上。比如，你的声音很甜美，歌声很动人；手脚灵活；观察细微；听觉灵敏等。这样，别人也会称赞你很聪明。这类优势，更多取决于遗传基因和环境对组织生长的影响。

关于成功学的书籍与理论有很多，不过，你是否想过，什么才是成功？理论如前所说，成功具有相对性，可能你在这个人或者这个群体的眼里是成功的，但在另一个人或者另一个群体看来却是失败的。所以，努力做一个成功的人并不困难，或者在你父母的眼里，或者在你孩子的眼里，或者在你朋友的眼里，或者在社会大众的眼里，或者在你自己的眼里。在这里我们聊聊最后两种成功，即在社会大众和自己眼里的成功，因为这两种成功相对而言更有现实意义。第一种是社会群体眼里的成功，被称为绝对成功，即以外界的评价为标准并且获社会认可的成功，比如企业家、科学家、作家、领导人等，这种成功有社会价值，能为人类造福；第二种是自己眼里的成功，也称为相对成功，即达到自己的目标，过上自己想要的生活，这种成功是个人价值的实现。

绝对成功，在某种程度上可理解为为某个群体带来利益并且被大众熟知，如果你达不到绝对成功，那是你周围环境的原因，不怪你。你的家庭、亲友、爱人，这些环境一直在影响着你。比如，和其他人一样，你从小听话，没经历过艰辛，遵循着社会传统，按部就班地生活，并且这种状态是持久性的，那你更难达到为世人知悉的成功。你所有的思想和行为都受外部环境的影响。但是，在某个阶段，社会一定会选择几个具备某种品格的人作为成功者。你会说成功是因为自己的努力和勤奋，和外部环境无关。但你努力和勤奋的个性不是天生就有的，恰恰是环境给了你不一样的大脑，又或者在你小时候或者某个时期，生活的环境培养了你的这种特质和个性，并且在某个特定时期，外部环境刚好选中了你，你便成功了。如果把你的这个技能放到另一个地方或者另一个年代，可能就不会被认可，也不能称为成功。

有时，你伟大的原因，不过是在寂寥时刚刚遇到一扇有风景的窗。你，常常陷入沉思。

　　我们不少人甘于现状，享受当前，或者追求一种极简主义的生活方式，找寻内心深处的快乐，这是个体追求的一种幸福，也是一种成功，它叫相对成功。我们在不同的人生阶段会有不同的追求，只要这个目标在这个阶段是明确的，当你达到了，就是获得了一种相对成功。绝对成功和相对成功是可以同时实现的。但遗憾的是，在现实生活中，每天忙碌着的更多人，既没有取到绝对成功，也没有实现相对成功。

　　既然成功受外部环境的影响，你在看到这段文字的时候，它就是一种外部环境因素了，所以请停下来，想一下，你想要的成功是什么，你追求的是什么。然后，用心而努力地去追求，无论结果是被公众认可，还是获取人生快乐，希望你至少能找到一种属于你的成功。

灵　感

　　我们总在寻找一种灵感，希望它突然出现，让自己眼前一亮，就像我们寻找创作的灵感，寻找一个解决问题的灵感一样。

　　灵感是一种联想，即在大脑中两个记忆痕迹之间搭建一个新的记忆轨迹，而且两个记忆具有一定的逻辑关系。在哲学世界中，并不是所有的联系都叫作灵感，除非这种新的联系具有一定的逻辑关系，并有一定的现实意义。比如，这种联系让棘手的问题得到解决，开辟了一个新的思维模式，获得了他人的认可。另外，灵感有大有小。有些小的灵感，就是你灵机一动，解决了遇到的一个个难题；有些大的灵感，使你创作了一件出神入化的作品，甚至有了一个伟大的发现。

　　那么如何产生更多的灵感呢？

　　对于小的灵感，目的是解决生活和工作中的日常问题。这种灵感通常有三个关键点：一是大脑记忆多，见识广，经验丰富。只有当你的大脑有了很多记忆，它们才能产生联系，否则任凭你怎么联想，也很难想到某一个点。不少企业招聘，就希望找一些见识广的人。一个人要多走一些路，多看一些书，多和有阅历的人相处，体验不同的工作和生活，甚至情感。二是思维活跃。即大脑粒子运动得很快，它可以快速在不同的记忆之间找到联系。我们的记忆丰富，可如果我的粒子懒洋洋，而你的粒子充满活力，你便更容易找到灵感。那如何让记忆充满活力呢？除了要有充足的睡眠，保持运动确保精力充沛外，开朗的心境也很重要。三是持续的钻研精神。这个容易理解，即你在某个领域浸染了很长时间，当时间长了，总有机会找到不一样的灵感，至少从统计学的角度来说，概率是大很多的。

至于大的灵感，就是那种伟大的发现和创作，是可遇不可求的。它本来就不属于过往的生活。通常，这个人要经常处于思考状态，有不少新奇的想法，甚至时常伴随着孤独。因为你在别人看来，总是有一点特立独行的。越是喧闹繁华，越难找到这种灵感。一个偶然的机会，你发现了一些非同寻常的联系。然后，你沉迷其中并且将它们有逻辑地表达出来。最后，这个有逻辑的联系被别人认可了。

❦ 成长和教育 ❦

你痛恨一些犯了错误或者犯了罪的人，其实我也痛恨，他们就应该得到惩罚。我会再多加一个"痛恨"，痛恨他们的家庭，即痛恨那些曾经教育过他们、影响过他们的人。但一定有人痛恨整个社会环境，于是如此一直追溯，究竟什么才是犯错和犯罪的根源呢？

我们先尝试从分析过去开始。

人的价值观的形成主要是在小时候，价值观是经过一个漫长过程才逐步形成的，而小时候所接触的环境对价值观的形成最重要。因为那时的我们大脑还是空白的，价值观处于搭建的过程。这个框架形成后，需要更强烈的外部环境影响才能发生改变，也就是说更难改变了。你小时候吃过的美食，看过的东西，学过的知识，它们深深地影响着你。因为它们带给你的总是第一次，第一次总是让人印象深刻。

我们的个性是记忆的体现，记忆是对环境的记录。所以，我们的个性是完全受环境的影响而形成的，你毕生的所见、所闻、所感，造就了"你"。你比较内向安静，你比较活泼开朗，你比较深沉忧郁，你比较要强好胜，都是受过去几十年的体内、体外环境影响而形成的，而且不轻易被改变。

在大脑中，个性体现为一种惯性的记忆思维，比如你对待某一类事情的观点。你评价说某个人很厉害、很聪明，在你的记忆中，他/她有很多你认为不错的成就。但他人可能有不同的看法，因为每个人的记忆不同。你试图说服对方，要在对方大脑中形成一个固定思维，比如定义什么样的人是成功的，却发现很困难，这需要一个形成过程。每个人都有自己的判定，一旦惯性思维形成便很难改变。

你发现想要改变一个比你年纪更大的人的思维会更困难。你现在25岁，你认为现代人不应该过早结婚、生子，而你50岁的父母，他们完全不赞同，你们都振振有词。抛开具体问题，从两者的争执结果看，父母的观点相比你的观点肯定是更难改变的。因为他们的理论在他们的脑海中存在的时间比你的长，思维更加固定。当然，如果你是一个非常固执的人，而你的父母是非常乐意接受新思想的人，那么结果就不同了。这里说的前提，是在双方的个性和成长环境较为近似的情况下。而事实上，通常的结果是双方都不妥协。因为某个观点已经在脑中形成惯性思维，不会轻易被改变，即使一方被说服了也只是表面妥协而已。

所以，你不要过于自信地认为能改变父母或者长辈的一些看法，甚至惯性思维。当然，这也不是不可能的，但需要一个过程，而不是三言两语就可以改变的。就像父母教育孩子，当某些观点已经在孩子脑海中形成时，父母除了口头教育外，还需要身体力行，或者找到当初在他们脑海中形成这个观点时的反例，并在一个较长的过程中，潜移默化地去帮助孩子完成改变。所以，在孩子还没有太多人生想法和定性思维之前，父母就需要及时对其进行正确引导，这时，父母付出最少的努力就能达到效果，否则，待孩子长大后，父母需要付出更多的代价了。

也许，在一个十岁孩子的床头，放一本童话书，还是放一本漫画书，对他/她以后的影响都会不一样，或许会影响他/她的一生。

教育，不过是想要在儿女的大脑中留下记忆。夏日的夜晚，听到窗外呼呼的声音，竟想起了儿时的夏天，奶奶摇着扇子哄自己入睡；高中时教室电风扇的"嗡嗡"转动声；坐在父亲自行车后座，风吹过的声音，幸福便如此涌现。可是，如今的孩子在安静的空调下坐着，没有任何声音，那他们将来的回忆会是什么？

　　偶尔，我们会认为小时候对一个人的影响不大，因为你我早已忘记了小时候的记忆。但是，这不过是记忆淡了而已，其实它对我们的影响已经深入骨髓，促成了我们的个性和习惯。所以，有时自己都说不清，一个人的坚强、乐观、好强、敏感与内向是怎样来的。

　　当然，影响因素还有很多，我们的教育主要来源于学校和家庭，还有接触的社会环境。对于学校教育，则更多取决于其想培养学生怎样的一种价值观。比如，强调应试教育，教师在学生面前强调社会的竞争性，加强学生之间的对比情绪。在这种环境下，孩子长大后的个性是倾向于竞争的，整个社会群体所体现的生活方式是快节奏的，也充满竞争性。反之，比如强调个性化张扬，提倡自由，教材更多宣传的是大自然和童话式美好，淡化竞争，那么孩子长大后会倾向绿色性格，是和谐且温暖的，但更有个性。这两种教育方式没有对错，都有成功的可能，包括绝对成功和相对成功。竞争性教育带来的绝对成功的概率会更大，但程度较低，而自由式教育带来的绝对成功的概率较小，但程度较高，也就是说成功的历史价值更高。

　　家庭教育是重要的教育方式之一，它也会影响孩子在学校和社会所接受的观念。家庭教育包括家庭环境和家庭成员的言行。由于言行教育的主导方是家长，而家长有自己的价值观，每位家长的教育方式都不同，很少有人会质疑自己的价值观，所以家长一般以自己的观点去教育孩子。但我在这里想说，除了社会化标准的道德和法律必须遵守之外，家长应尽量以快乐为前提去构建孩子的价值观，不要以自己的想法来规划孩子的未来。因为这只是家长的价值观，放在孩子身上不一定是最好的，家长与孩子的价值观形成环境不同，而且价值观的形成过程本身就非常复杂，不是语重心长说几句就能构建的。所以我们只需做好自己，给孩子带来最美好的记忆和正确的引导，然后由他/她自己根据对社会的认知去搭建一个适应社会的价值观，这是比较好的。

我们都知道家庭教育的重要性，但不是说要以孩子为中心，孩子是会观察和模仿的，父母要做的，就是做好自己，然后带上孩子就可以了。爱，要给得刚好，不多也不少，而这正是父母聪明的地方。

但是，如果父母没有很多时间去陪伴孩子，以及时刻对他进行行为引导，那他/她的玩伴就很重要了，这种第三方的被动教育，一样会给人形成很深刻的记忆。

关于成长，不得不提自然属性和社会属性两个概念，人都是同时具备这两种属性的。但是不同的人，或者不同的时期，侧重会有所不同。侧重自然属性的人会将自己和自然融为一体，更愿意将自己表达为自然界的一员，喜欢接触大自然，追求回归自然的生活，享受精神上的愉悦；而侧重社会属性的人强调自己社会存在的方式和地位，对社会法则、条约、等级的意识更强烈，产生行为的前提往往是我们要从社会获得回报，或者认为被社会要求这样做，有更多的对比和竞争意识，也更注重别人的看法。

每个人都是同时具备两种属性的，没有绝对的界限，并随时在这两种属性之间自如切换。但每个人属性的侧重程度不同，在具体的思维过程中，侧重不同所体现出来的行为是有差异的。因为在获取幸福的过程中，所使用的参照物不同。一般来说，小时候接触大自然更多、接受说教较少的人，自然属性更强烈一些；

而接触大自然较少、接受说教更多的人的社会属性更强烈。

　　长大以后，我们常常感到身不由己，必然是更具社会属性的。为了不留遗憾，或者说为了人生的平衡，那就让孩子多一些自然属性吧。你不要过于担心未来他/她难以适应社会，这种能力总会在以后慢慢培养和形成的。不过，想要自然属性更强烈，不只是带他/她去一趟公园，去一趟动物园那么简单，而是要让他/她看到满天繁星，让他/她听到蟋蟀鸣叫，让他/她站在飞舞着萤火虫的草丛里，独自安静地慢慢感受，你不说话。

　　嗯，多亲近大自然，少与是非纠缠。

激素和情绪

在灯光迷离的派对中，高亢的音乐让人激动不已，你尽情释放自己。

温暖的阳光洒落在身上，你冲上一杯清茶，闻着书香，感受宁静致远。

在激烈的争吵中，你头脑发热，心跳加速，恨不得采取极端行为。

我们的情绪，总会被不同的环境左右，这些变化无常的情绪，偶尔让人好奇，到底是如何被左右的。

当记忆粒子受到环境的影响，在形成记忆痕迹和轨迹记录的同时，会触发某种体内激素，并且由于记忆粒子本身的强度、频率等变化因素，会触发不同的体内激素，进而引发某种情绪和生理反应，并且这种激素就黏附在由这个痕迹和轨迹构成的记忆网上面了，无论这种情绪有利还是有害，终究会影响你的一生。

我们的情绪有很多种，不同的情绪因体内激素不平衡而形成。当然，伴随着的可能还有神经组织的变化，除了面部表情和眼泪外，情绪的变化最容易触动的就是心脏了，所以古今中外都喜欢用"心"来表达情感，比如伤心、开心、动心等。

情绪可以大致分为两种，一种是有利情绪（也称正向情绪），另一种是有害情绪（也称负向情绪）。有利情绪比如幸福、兴奋、高兴等，有害情绪比如伤心、失落和恐惧等。有利和有害只是基于情绪产生原因的划分，并不是情绪本身有利或者有害。不过既然人都追求好的情绪，从进化论和适应性来说，这些情绪是对人的身体有利的。

不过，情绪是否被人感受到，或者是否外在体现为流泪，取决于两点：一是激素产生的量是否足够；二是神经末梢是否被触动，即粒子本身的能动性。

夜深时分，情感总是容易涌动。一个不经意的回忆、一句歌词、一段旋律、一个似曾相识的故事，便让你抽泣不止。可是，有个精灵在偷窥，她说，安静的气氛，令此情此景也变得美好了。

情绪的变化

　　丢失了记忆，空空如也，好像从未真实发生过，如梦一场。你曾想过吗？那不过是你曾经的情感不再了。

　　星期五的清晨，你充满期待地拟好了计划，下班后要逛的店和要看的书，不过等到了那一刻，你却发现没了之前的兴趣。偶尔，我们非常担心的事情，真到了那一刻，也好像并没有那么让人害怕。我们的情绪总在变化，此刻的情感和过去那一刻的情感已经不同。

　　关于情感的辩论，从来都是没有必要的，因为它没有对错，甚至没有标准。我们每个人都能激昂澎湃一番，即使祝贺你赢了，我也不过是口是心非。要不，这个世界就不会有那么多的"对不起"了。

　　电话那头，你和朋友奔跑在灿烂的阳光下。你说我过于忧愁，劝我出去走走。而你却不知道我的窗外阴雨绵绵，寒冷的空气中，我只想窝在沙发，此刻期待的不过是一杯红酒，甚至内心深处暗暗涌动，身边想要有一个可以聊聊旧时光的人。

　　就像"白天不懂夜的黑"，你我隔着几个小时的时差，情绪就可以差得很远了。

　　那个曾经朝思暮想的人啊，对其的情感如今竟有些麻木，见与不见，在与不在，好像都没有关系了。

　　我们回想某个记忆片段的时候，总会伴随一些情绪，或者幸福或者悲伤，又或者只要想起某个事件，你甚至害怕得浑身发抖，这个记忆区域是我们不能触碰的。

情绪是大脑的某种激素基于记忆预期被激活的体现，各种各样多到数不清的激素存在于人的身体内，和神经系统一样影响着我们的记忆。同时，由于受到不同外部环境的影响，各种激素随之发生变化，体现出不同的情感。若想稍微调节一下情绪，方式是可以很简单的。比如，你想兴奋一点，可将空调温度调高，放一首激情的音乐，甚至奔跑在阳光下；你想冷静一下，可将空调温度调低，徜徉在回忆的音符中……你和我的选择注定不一样，因为我们流淌的血液并不同。

当你再走进某张记忆网，便是触景生情了。一首歌、一句话、一个画面，都会勾起残留的情绪。曾经有一个人带给你的心动，足以让你穷尽一生去追寻，又或者让你苦苦怀念。就像，又一个同样浪漫的午夜，你不经意说了重复的话，写了重复的字。

当然，如果某个记忆片段黏附的激素非常少，就不会引起你的情绪变化，难以被你察觉。只有当记忆网黏附了较多的激素，粒子再次回到这个地方时，情绪才会被清晰地唤起，你便会产生和当时一样的感受了。

有一个好玩的名词，叫"假期综合征"。其实，这个现象本身隐藏了一个前提，说明上班并不开心，而假期兴奋疯狂，从而产生了一种情绪落差。假如上班是愉快的，而假期是简单而平和的，那这个名词是否就不存在了呢？

相比神经，我们对激素的了解更少，这里侧重聊的是激素和我们情感之间的关系。激素以物质形式存在，受环境的影响，记忆粒子既可能触发正向激素，也可能触发负向激素。

在社会环境中，大部分群体的社会属性是相似的。比如我们受到赞扬、得到肯定，我们表现的情绪是高兴。因为受到赞扬时，我们立刻清楚知道自己在这个群体的定位是比其他人高的，通过比较获得幸福感。这时，记忆粒子触发正向激素。同样地，我们受到批评，自尊心受到损害，我们心情不好，记忆粒子触发负向激素。那么问题来了，人生的意义是触发有利激素，但为什么它选择受到赞扬、得到肯定就触发正向激素呢？社会为什么会形成这样的规律呢？

原因在于激素不像神经那样只作为直接因素存在，它更倾向作为一种间接因素存在，间接因素最终也会影响神经。只不过当这种社会属性形成后，个体的属性就没有那么明显了。为什么我说你丑，你会不开心呢？因为我们的大脑通过思维产生了预期：根据当前的社会属性可知，社会对丑的定义是不好的。稍微深入一点，社会为什么会形成这个属性呢？因为丑是漂亮的反面，而通常漂亮能给你带来更好的物质享受。如果说有一天，丑（已经是褒义词）普遍能带来更好的物质享受，社会属性表现为丑是好的。这时我说你丑，你会高兴，你大脑中的记忆粒子也会产生正向激素。

正向激素在初始形成时是预期产生的，多次发生后，已经形成了惯性思维。即使后来这个预期其实不一定是有利的，但正向激素还是会被激发。比如，某些表扬的话在小时候或者某个特定场合，对你是有利的，但长大后或者另一个场合，这种表扬并没有多少意义，但你听到还是挺高兴的，因为惯性思维已经形成。

这里延伸一个话题，古代的人也和我们一样那么在意赞扬吗？其实不见得。因为社会发展后，要比较的东西更多了，且更复杂、更细化，很多事情能带给你的利益并不明显。于是，我们的大脑开始偷懒，依赖第三者告诉自己在哪些方面是优秀的。而在古代，社会的发展程度较低，对事物的追求单一，好与坏可以直接感受，比较明显，第三者的赞扬显得并不重要。

之所以说激素难以理解，是因为对个体来说，在大脑形成惯性思维后，他/她便更偏向自然属性了。比如，乐于助人、爱护环境、爱国爱家是被推崇的，当你做了相应的行为后，内心会高兴。还有一种是繁衍后代，当孩子出生，你很开心并由此产生了责任感。通常我们不会承认这种兴奋感是源于某种有利的预期（比如回报），反而认为是一件自然而然的事。

激素的自然属性还体现在我们每个人出生时就具备这个物质。虽然我们每个人体内激素的品类基本相同，但由于我们的生长环境和身体的变化，各种激素的含量不同。所以，不同的人之间即使有着相同的记忆，面对同一个环境，体现的情绪及其程度也不同。就像你我同时看到一部电影中的感人镜头，但内心的波澜和感动程度是不同的。

影响激素的因素既包括体内环境，也包括外部环境。外部环境中常见的比如温度、光线、声音等。冬天的你性情温和，喜欢窝在沙发，夏天却充满激情，内心狂野。我当然还记得，在每个春暖花开的日子里，走进后花园时的幸福感。有的人会沦陷在柔和而浪漫的烛光晚餐中。同样的音符，酒吧里狂热的音浪和咖啡厅里温柔的钢琴曲所带给你的，是完全不一样的感受。食物带来的影响就更直接了，食物经过身体吸收后，会直接增加或者减少身体的某种激素。还有，空气中二氧化碳或者某种气体的浓度不同，也会悄悄改变你的情绪。

此刻，闻着青草的味道，我站在温暖的阳光下，凉爽的风吹过，便有了一种恋爱的冲动。而正在会议室激情汇报的你，当然没有这种感受。

即使你不动，激素也在变化，个性和情绪每分每秒都在改变。所以，这是一本永远写不完也改不完的书，它注定没有永远的最完美。

顾城曾说："世上只有一本书，就是你，别的书，都是它的注释。"

住　院

　　记得有一天，我路过昏暗的病房时，看到忧心忡忡的你，躺在白色的床单上，幽怨的眼神空洞而呆滞。我想，要是走廊尽头有一架钢琴，我一定要轻轻弹奏，让一个个舒缓的音符，像从很远很远的地方传来，抚平你的恐惧。

　　这不过是我的一种试探，我还有更大的野心，希望你的内心还有与音乐相牵连的记忆，这个记忆连接着一些美好的往事，它们令你微笑，毫无理由的。

　　所以，我们的回忆不是毫无意义的，它支撑我们走下去，支撑我们走得更远一些。只不过，大多时候，它并不被察觉，只有在这特殊的时刻，它好像一下子显得重要了。

　　有人问，能否选一首歌，戴上耳机，独自感受呢？我想，那总是不大一样的，从远处突然而至的音符是一个未知的惊喜，本身就像遥远过去的一种浪漫记忆。

放　空

　　这是我最喜欢的篇章了，就像周末的此刻，不知身在何方，深秋挂在孤单的树枝上，我抱着枕头，斜靠在窗前的暖气片上，漫无目的地敲着文字，不被打扰，即使到了晚饭时间，也可以保持这种舒服的姿态，一直坐着，一直写着。

　　天色渐暗，我开始有些困意，音乐正好也变得慵懒，头靠在窗沿边，全身每个部位都找到了支点。我干脆眯上了眼睛。

　　我们很难得遇到这样一种平衡，没有精神的束缚，不去想任何事，不去记住任何事，不被任何人打扰，我想我快要睡着了。记忆粒子好像停留在耳朵的神经末端，又好像飘浮在空中，保持着一种舒服的关系，既不被牵引去记录，也不在过去繁乱的记忆中游走。

　　人生难得几回空，我们是否应该多创造一些这样的机会，让记忆也有片刻的悠闲，它想去哪儿就去哪儿。

　　我们一般有哪些放空的情景呢？其实放空就像眨眼睛，是时刻都在进行的，只是时间长短，是否引起你察觉的问题。你是否想过，来一段你刻意制造出来的放空。

　　你可以在某个时刻，木头般靠坐在床沿，只听见自己的呼吸声，没人打扰，眼睛睁着却完全呆滞，思想也随之停止了，好像时间也停止了。

　　如果你有情怀，也可以来个浪漫的放空。

挑一个周末较晚些的时候，找一个舒适安静的小店，坐在二楼角落的位置，不受别人打扰，看着灯火阑珊的窗外，耳机里重复着一首温柔的歌曲，点一杯微甜的红酒，只是静静地看着远方，直至倦意到来。或者，就像此刻的我，在随心所欲写着一段文字。

如果希望放空来得更直接，那就买一场醉吧，用酒放空自己。但这和上面说的神经放空不同，通过酒精刺激形成的放空，有可能你倒下马上睡着了，也有可能神经活跃，但思维能力变差。这时神经亢奋的你，当受到外部环境的刺激，容易想到什么就做什么，不计后果。这时的你和刚出生的婴儿以及年纪大的老人是一样的，思维程度低，自控能力差，有什么想法会不受控制而直接表现出来，并促使你做出直接行为。只不过在年幼和年老时，你受身体能力的约束，行动不方便而已。

哦，好像过了好久，音乐突然停了下来，打破了内心的平静。我微微睁开眼睛，时间告诉我该去吃饭了。我回过神来，完全不知道自己刚才写了些什么。

从外面吃完饭准备回来时，已经很晚了，雨一直在下。打车回家，车窗外的霓虹灯忽闪忽闪着，不停地往后倒去。司机不说话，只有收音机里低沉的音乐，一路上在不停重复，重复。我什么都不用想，只需看着外面，等待。慢慢开始感觉不真实，大脑空白到分不出在梦里还是在现实中。

等待下一年，再一次走在春天的路上，让晚风吹得人想要入睡。

买 醉

当夜幕降临，我们偶尔希望卸下白天的防备，用某种方式来表达内心的想法，让记忆潇洒一回，那试试吧。

此刻，深夜两点，震耳欲聋的音乐让自己忍不住各种碰杯，男的女的，在不停跳舞。暗淡的灯光下，无须顾及形象，我只想跳起来，用力晃动，直到筋疲力尽，直至开始有一些困意。但我还继续跟着音乐大声喊叫，旁边一个不知是谁的朋友，碰完杯后一饮而尽。对，我就是想让自己喝醉。

我已经半躺在沙发上了，灯光依旧不停闪动，周围很热闹，但好像都与我无关了。

我已经睁不开眼睛了，有人扶着我上了车，告诉司机地址后便离开了。酒精开始充斥大脑，在一个人的房子里，我可以放纵大笑，丑态百出。但我还记得打字，我挣扎着打开电脑，只想很快记下这些文字，让自己明天醒来后，回头看看此刻发生了什么。

我现在很勇敢，想对着窗外安静的夜空歌唱，一切都没关系吧。但是，我很快又要哭了。一阵孤单感寒意般袭来，我打了个冷战，为什么在灯光迷离中不能安静地待着呢？寻求醉，这本身就是一种悲哀吗？我打着字，电脑播放的老歌让我依稀想起了往事，那些渐行渐远的人啊，都在哪里？我打字的速度越来越快，越来越快，好像不受控制。

没有逻辑，我就是这样敲着敲着，不想停下来。就像有一天我坐在车上，迷离的灯光让人想一直保持"在路上"这个状态。

当然，现在是第二天了，我不得不对文字做一些修改，就像繁华落幕，我们希望别人大脑里关于自己的一些记忆能删减干净，那是自己最真实却刻意隐藏的部分。我们许多人都有一些属于自己内心最深处的故事，也有最疯狂、最原始的欲望，从来就只有陌生人才知道，或者无人知晓。最后，一样的故事，我们对着不同的人，讲起了不一样的版本。

有一些故事，可能永远遗忘了，可能不经意地告诉了一个陌生人，又或者你巧妙借用别人的身份说出了自己的往事，所谓"无中生友"。我们总是隐藏了太多的情感。所以，偶尔我们也会羡慕作家、画家与歌手，也羡慕你曾经遇上过一位陌生的倾听者。

我看不到你的眼睛，那你也一定看不到我的。

❧ 我们为什么活着 ❧

有人说，人生很难。

有人说，在世上可做的事已经做完了，漫长的日子，为什么有这样的愁思呢？

你也许从没想过这个问题，即使有，也是一闪而过，这样挺不错。你还在专心于家庭和生活，专注于工作和理想，这是社会发展的结果，也是社会属性的体现。但是，又或许你经常会想这样一个问题——"我为什么活着"。社会对你的约束逐渐减少，你的思维开始质疑你所存在的意义，不过结果还好，你的疑问还没有糟糕透顶，至少你有很强的自控能力，没有做出什么不理智的行为。

我们当然知道，出生由不得我们选择，所以活着从一开始就有点宿命的味道。在你记忆很少的时候，自然属性很明显，所以你不会去想"我为什么活着"这样的问题，自然所赋予你的意义就是活下去。你会找吃的，会躲避危险，这是一种本能。

随着我们长大，便逐渐融入社会环境中，我们接收的信息越来越多，思维计算出预期结果，有了相互比较，我们便有了烦恼。可怕的是，某些人还从外界接收到了错误的信息，以为死可以解决一切烦恼。不过，如果真选择了死，上帝一定痛恨自己，早知如此，不如让人类保持最原始的自然属性，甚至就不该创造人类。

我们正变得越来越实用主义，凡事总是追问"然后呢"，直至看到了显而易见的有利结果才罢休。其实，太多事情的意义并不显而易见，你获得的只不过是一种感觉，无须说清楚。你放空思想，读一篇散文，赏一首诗词，听一首音乐，这些都是幸福的体验，它已然足够有利了，问"然后呢"便是多此一举了。

所以，我们不用纠结为什么活着，因为活着本身就是一种自然形态，这是宇宙物质形态多样性的体现。对于地球而言，我们的存在不过是这个星球上极短时期内出现的一个物质，它是如此短暂，我们自不必大惊小怪，庸人自扰。

现实中，如果你经常有这样的想法，你不妨试着回归自然属性的本能。你可以选一个清净之地，用心感受大自然的变化。如果你只是偶尔想到，那关系不大，你只需明白一点，所有的烦恼和问题都会随时间而去的，你的遭遇并没那么糟糕。或者，勾画一个梦想，悄悄告诉自己，会有实现的那一天。

存在的最好意义，便是在人潮中努力做到一点不同。在历史的长河里，后来化作尘埃的你，还是唯一的你。

❧ 精神病患者 ❧

　　精神病患者可以分为两类，一类是生理上的精神病患者，一类是思维上的精神病患者。

　　生理上的精神问题对我们的影响很大，因为其不容易恢复，要通过正规治疗才有可能治愈。通常，造成生理精神病的原因有以下三种：

　　一是记忆粒子无法形成新的记录，无法形成稳定的记忆网。除了过去的回忆，新的所见、所闻、所感都不再起作用。或许，记忆粒子完全沉浸在某一个记忆的区域，不能自拔，记忆粒子只在过去的轨迹运动，无法走出来。这可能是记忆粒子过于兴奋，大于其应有的频率极限，不再受新环境控制了，也可能是大脑的激素出了问题，无法协助记忆进行黏附，支撑形成记忆网。总之，结果是不会再有新的记录和新的轨迹（即使有，也是短暂的）。

　　二是记忆粒子既无法产生思维，也无法形成预期。就是不懂得怎么做，即使是很简单的事情。

　　三是神经不受记忆粒子的准确控制。虽然控制还在，但是不精准，所以不会像植物人那样一动不动，但总是行动迟缓，表达不清。或许，他/她内心想要做的，并不是所表现的那样，只是他/她控制不了。

　　我们在生活中经常评价某个人行为怪异，然后下结论说这个人有"精神病"。这和上面的情况有本质上的不同，这不过是我们常说的思维方式上的精神病。他们通常被认为想法与常人不同，表达的语言和表现的行为与一般人不一样，没有符合社会大众所认可或者追求的价值观及理念而已。其实，社会的价值观或者理念也是不断变化的，从来就没有唯一的标准，只是在某个时期和环境相对较优而已。从某种角度看，我们每个人都有"精神病"。不过，只要不违背法律要求，我们敢于做自己，敢于打破常规，做一名别人眼里的"精神病"，又如何呢？

还有一种思维上的精神病，它在大脑中形成了根深蒂固的兴奋源，隐藏得很深，一触碰就兴奋。它让人孜孜不倦地追求，且不容易摆脱。比如：你渴望被爱，一旦缺少（即便少了一点）就浑身难受；你有对金钱的欲望，想到它就无比兴奋；你有对权力的欲望，能掌控他人就会很兴奋。这些极端的行为在一般人看来，有时是难以理解的。

思维产生的精神病同样会导致严重的后果。比如，你承受不了心理痛苦，做出伤害身体的行为；你经受不住某种诱惑，做出违法行为。有些影响并不在短时间内显现，好比你遭遇了某种打击，你的人生观发生转变，影响将来。这种潜移默化的改变，你是要提前预见的，即这个改变是不是你想要的。

生理精神病和思维精神病是存在转换关系的。当然，这两者要相互转换都不容易。生理精神病的第二种就是由思维产生的，所以我们要特别注意，避免思维精神病转变为生理精神病。最常见的情形是激素的激烈变化引起的粒子混乱。所以当你很痛苦时，感觉到思维快要出现混乱征兆时，你要马上停止这个思维的运行。若是看到家人、朋友出现这样的情况，你应该用不同的方式转移对方的注意力，使对方跳出这个混沌思维的怪圈，避免造成真正的生理上的精神病。

记得很小的时候，村庄尽头住着一个男人，常常说着让人听不懂的话。听老人们说，他年轻时长得很帅气，可惜心爱的人突然离开了他，很长一段时间后，人们再见到他时，就变成这样了。我猜想，当时他一定什么都没做，成天坐在家门口痛苦地胡思乱想，可惜，一直无人过问。或者，他要是勇敢一点，走出这座大山，走出村庄，定有不一样的遇见。

　　如果你想不开，想要体会疯狂，可以尝试追逐你的记忆，这也称为记忆空转。首先，选择一个安静的晚上，入睡前躺在床上，然后开始陷入思考，注意力集中在你的记忆粒子，努力思考你的记忆粒子下一步会到哪里，会想到什么。但实际上，由于我们的记忆粒子就是产生思维的本身，你不过在幻想另一个你，又因为我们的大脑只有一个粒子，所以你永远无法追逐到记忆粒子的本身，你无法超越记忆粒子去做另一个预期，在这种混沌的思维下，你很快便会抓狂，大脑陷入一种无逻辑的循环。

◦◦◦ 健　康 ◦◦◦

　　我们习惯说的健康是指身体组织上的，但是还有一种是我们经常忽略的心理健康。前面有说到，人除了有记忆和记忆粒子外，还有神经组织和激素。对于激素，我们经常谈论，旁人常说的缺少某种微量元素，有时是激素的一种，其隐藏在血液和大脑中，会直接影响你的情绪。

　　心理健康，其实应该称为记忆健康，而记忆有多种表现方式，包括回忆、习惯思维、思维预期等。

　　我们先说思维预期。从本质上来说，我们的思维预期是为了追求人生意义，这种天然属性不存在好与坏或者是否健康一说，因为我们的生存意义都是为了自己。可以推论，思维方式是否健康是我们站在第三者的角度并以某种参照标准进行判断的，亦可称为间接因素，这和组织健康的直接体现方式不一样。

　　比如你身体受伤了，那我们可以直接判断为不健康，当然，这种不健康的程度，在不同的人眼中可能会有不同。那对于思维方式健康与否的判断呢？比如你坚持要做一件事，这时你的 A 朋友可能认为你这样做不可理喻，以他/她的标准看来，你是不健康的。但可能在 B 朋友看来，你却是健康的。由于思维方式的灵活性和不确定性，我们不应该随意将某个想法和行为认为是心理问题，并将其纳入不好的行列。

　　我们的思维预期是相对的，是基于个体过去的经历和当前的环境所产生的对将来的行为判断。如果这个预期的结果很明显是错误的，或者会给你带来明显的负面影响，那就有心理问题了。即使它看上去不是你的错，是你过去经历的错，是你所处环境的错，但是它们改造了你。

那回忆呢？我们都有美好的回忆，当回想起来时，我们身心愉悦。但外部环境留下的记忆不一定都是美好的。举个例子，你不愿意想起某件事，当它无意间被触动时，你会痛苦不已，甚至做出一些过激的行为。我认为这个回忆是不健康的，因为从结果来看，你做出的行为是违背人生积极意义的。

其实，日常行为的好与坏，在每个人的眼里都不一样，所以记忆健康体现出来的是一条变动的线条，从不同人或不同的角度来看，我们每个人都未必是健康的。

记忆健康催生了心理治疗，总是有一定帮助的。心理治疗的方式通常有：转移注意力、触发特定记忆、磨炼意志力、改变观念、沉浸体验等。不过我认为，相比心理治疗，更好的办法是预防。这要求我们的家庭、学校、社会尽可能地营造一个健康的环境，给人留下更健康的记忆。对于个人而言，在人生某些阶段，你一定要遇见一些美好。

走过了风雨，未来的你必定是平和的、淡然的、依然美好的。

❦ 你的睡眠 ❦

　　秋天的温度刚好，清凉的风从窗外吹进来时，我正张开双手躺在洁白的床单上，如同在倒映着蓝天的水上漂浮，要带它到梦里，睡吧……但不久梦的感觉就不见了。真是这样吗？其实并没有，而是你醒来后，记忆的轨迹不深而已。万一惊醒，我们偶尔还会尝试说服自己，梦是相反的。

　　记忆，保护身体组织的完整性和存在性，记忆粒子可反作用于神经系统和激素，触动人的行为和情绪。人体组织保护着记忆的载体——大脑、神经、激素。人体进化的目标和方向，也是更好地保护那个一直在不停运动的粒子，使得粒子在不断变化的外部环境中得以保存。而被保存的粒子，正是保证了记忆的存在和延续，从而使得这一整体存在和延续。记忆和人体组织是相互依存的关系。

　　本质上，这是宇宙的一种保护模式，融合本身就是宇宙的一个自然属性，要问为何这个属性存在，便是无解了。可能是一种更高级的物质或者文明所设定的，这种物质或者文明是人类永远无法破解的，最多不过作为一种胡猜而已；基于自身的局限，而永远无法掌控。

　　但我们会问，为什么有人会自杀，打破这个相互依存的整体模式？这不过是记忆向人体组织传递了错误信息而已，不必大惊小怪。不过，你总算明白，外界环境不会总是有利的，它会打破记忆粒子的适应范围，甚至超出你的记忆粒子所能承受的极限。

在记忆的帮助下，人体组织不断结合在一起，相互联系，这是人进化过程的外在表现。由此推理，物质的不断结合是宇宙的规律，而且应该是一个循环的过程，凝聚到一定程度，然后爆炸，再发生凝聚。

那你我的睡眠呢？记忆粒子不停地触发神经，不停地记录和运动，需要不停地消耗自身能量，所以记忆粒子的电量会越来越少。而身体器官由于活动了一天，神经末梢的电量也在下降。这个时候，我们的身体或者大脑都感到疲惫，两者的依附程度下降，粒子开始脱离神经，游走在另一个界面层，这就是入睡。问题是，有时身体组织不疲惫，但大脑感觉累了，这时我们也希望进入睡眠。而且如果神经末梢的电量很充足，这样是睡不着的。我们有没有办法让神经末梢的电量逐步减少呢？有的，那就是处于平衡状态，当所有神经趋于稳定的状态时，电量就会减少。比如，闭上眼睛，眼皮获得平衡的支点；外面很安静，或者声音保持一个固定频率，耳朵获得平衡的支点；身体其他部位不动，头部找到一个支点，让记忆粒子找到一个支点。所有的这些组织找到一个平衡后，神经开始处于一种稳定的状态，神经末梢的电量就开始减少，这个状态便会加速神经和粒子的分离，从而让人进入睡眠状态。

偶尔，你的思维活跃，记忆粒子四处游走，怎么让大脑平静下来呢？——保持外界平衡就是最好的方式。不一定要安静，一个低沉的男声，一段又一段地朗读着散文，起伏不大，只是读着，就好了。如果你的大脑有太多烦恼，再看看《让人头疼的事》吧。总之，经常缺少睡眠，粒子得不到休息，便是容易头疼的。

入睡后，由于记忆粒子没有神经的牵引，这时粒子带的电量少，脱离神经末梢，产生一种悬浮的状态（并非完全脱离神经，只是依附程度降低）。此时，大脑便不会受环境影响进行新的记忆痕迹的记录，我们醒来也不会记得粒子走过了哪些记忆。所以，我们通常不会记得做过哪些梦，发生过什么记忆。不过，假如我们突然醒来，或者睡眠深度不够，记忆粒子与神经的脱离不够，粒子依然在已有痕迹之间任意游走（粒子游走会形成新的轨迹，只是黏附程度低，这个轨迹很浅），导致我们醒来后仍然知道它游走过的记忆痕迹和轨迹，这就是我们说的梦了。由于粒子游走始终在神经末梢的范围内，所以当外部环境对神经产生的影响足够大时，记忆粒子会随时附到该神经上面，人就会醒过来。

睡眠过程是记忆粒子的一个充电过程，当我们醒来，记忆粒子已经能量饱满了。

那记忆粒子在入睡后的游走有没有规律呢？答案是肯定的。前面说到，入睡后记忆粒子开始脱离神经，但这个脱离程度是有限的，如果受到足够大的神经触碰或者激素影响，都是可以让你醒来的。当两者脱离程度不足够大，神经紧张或者激素含量高，即使你处于入睡状态，它们仍可以牵引记忆粒子游走，这时的梦是有规律的。简单来说，梦是以某种生理现状为导向而进行的故事编织，而且有些是有结局导向的。比如，你最近焦虑紧张；水喝多了急尿；肚子饿；欲望旺盛；对爱情或者亲情的渴望强烈。又如外部环境对神经的触动（如你入睡前正好听说某件事情或看到某个景象），这些情况会影响记忆粒子游走的路径，并且留下痕迹，也就是说梦是可预知的（这里指梦的类型，而不是梦的具体内容），梦境影射的是你当前的身体需求。而梦更强大的地方在于，它会根据记忆素材编织一个体现该生理结局的故事，这其实是大脑的一种自我调节的功能。比如你最近压力大，可能会做考试或面试的梦。

梦是有目的性的，和打喷嚏一样，它在尝试调节体内机能，是潜意识释放。即使你从梦中惊醒，那也是一种调节。因为正常的醒来没有留下记忆，反而这种惊醒的状态是一种正式的无意识释放。

从前面可以了解到，神经受触碰后，神经末梢会带电，从而吸附粒子。如果神经末梢没带电则会距离粒子较远。还有一种常见的状态，就是发呆，由于发呆时记忆粒子是在中间层，而记忆痕迹在底层，如果粒子没被神经吸附而又没在记忆层，这就是我们说的发呆或者放空的原因，这其实也是记忆粒子的一个短暂的充电过程。

❀ 让人头疼的事 ❀

　　熄了灯，世界便安静下来了。我们的大脑受外界的影响程度开始降低，记忆便可呼之而出。这时，你不自觉地闭上了眼睛，幸运的你，什么都来不及想便入睡了，更幸运的你，带着幸福的味道进入了梦乡。可是，要是不那么幸运，大脑忍不住想到一个困扰着你且还没有解决的问题，顺着这个问题，烦恼的情绪开始被唤醒。这时，你不由自主地有了一丝不耐烦的情绪，刚刚酝酿的睡意被打扰了。更悲催的是，这个涌现出来的问题，你尝试努力后，始终没有找到合适的解决方法，于是，这种情绪迅速扩散，你开始头疼了，开始癫狂了。啊，你忍不住要喊出来了！

　　这时，请马上睁开眼睛，逼迫这个思维停止，不要再继续下去了。通常情况下，你睁开眼睛后，记忆粒子会受到外部环境的影响，脱离刚才的情境，至少让你不再抓狂了。同时，你一定要告诉自己，过一会儿再次闭上眼睛的时候，要努力回忆一些美好的事情，不要再触碰刚才那个问题了。潜意识里你要主动告诉自己，刚才那个棘手的问题，等睡醒再想就能想到解决办法了。因为要是在清醒的白天都想不到解决办法，这大晚上的就不要指望了，不如安心睡觉好了，何必吃力不讨好呢！

　　所以，那些美好的画面，无论是过去的，还是你在睡前勾画的，在这入睡时分都是有意义的。

　　当你一个人忍不住思考一件棘手的事情，感觉自己的思想渐渐陷入了一个没有答案的泥潭，走入了一条死胡同……这时，你要深呼吸慢慢吐出一口气，让记忆粒子偏离痛苦的记忆区域，可以停止刚刚危险的举动，不再纠缠下去。否则除了换来头疼失眠，没有任何的意义。

当然，以上的小忠告，是基于你思考的问题让你头疼了，是真实地感觉到疼了。假如你在享受着沉思，还有了不错的主意，萌芽了不错的计划，大脑处于兴奋状态，说不定等待着你的是一个未知的收获。

偶尔，你好像并没有特别烦恼的事情，但就是睡不着，又或者总是处在浅度睡眠。是的，你的记忆粒子正处于一种微紧张的状态，隐约有一点不安，它并没有完全跌落另一层，没有完全地脱离神经，又或者正在一个丰富的情绪区域，四处游走。

充足的睡眠需要大脑完全放松，不悲不喜。这是大脑和思想的放松，不单是肉体上的。你相信周围是安全的，又是不存在的，你要做到此刻是无所顾虑的，和一切是断绝关系的。躺到床上后，你大可对自己说一声："我要到梦里去了，和所有的动物一样。"

如果暂时做不到，那就让思想放飞，随意联想，这样反而容易入睡。由于粒子不在已有的轨迹上被牵引着到处游走，它是自由的，欢快地跳来跳去，也容易进入睡眠层。

反正你明白，这深夜时分，很多事情想了也白想，不如沉浸在一些美好的画面中……有阳光，有凉风，有湛蓝的天，有一只飞向长空的鸟。然后，定格在一个画面，如一个投射了记忆身影的白色围墙、一个熟悉又陌生的面孔，像放空了一样……

你为什么动了手指

——谈人生的意义

我们对人生思考最多的时候，可能就是病倒躺在床上的那段时间。我们尝试在悠闲自在的时间里聊一聊。

开门见山，人做任何事情都有目的，即使你漫无目的地走在街上。

具体来说，这个目的就是人生意义，那什么是人生意义？个人看来，人生意义可理解为维持并保护身体各个组织的寿命，同时争取精神上的最大享受，以及有利激素的最大化存在。这非常重要，本质上人所有的行为表达都是由这个意义触发的。

记忆粒子如何识别某个行为对身体组织是利益最大化呢？这是通过比较而来的。记忆粒子快速在已有的记忆中搜寻，通过对比那些激素和神经留下的记忆网，最终粒子所停留的记忆区域，就是我们的判断"是"，得出这个结论后，再借助记忆的能动性，做出想要的行为和思维结论。这个比较的结果，我们通常称为"记忆预期"。

通过比较选择最优的生存模式，是所有生物存在的根本方式，包括拥有记忆粒子的人类。大脑通过触动神经，在记忆网中留下了某种激素，然后，利用比较的方式，判断各个记忆网留下的是有利激素还是有害激素，或者判断这个记忆行为是好或是坏，得出记忆预期，并做出相应的行为。这是记忆粒子根本的生存模式，即我们的人生意义。

　　归纳来说，即记忆动物（包括人）都是为了自己而活。人生的意义是物种进化的根本原因，也是人类繁衍的基础。人所有触发的行为都是通过记忆预期完成的（可理解为我们日常说的思维）。

　　人生意义要素中，激素的有利性不是直接体现的，比如你看着自己的孩子，产生了责任感，进而激发某种行为，这时体内的激素并未如其他有利激素那样明显对自己有利；又如你爱一个人而做出的行为，不是说马上就获得对自己有利的结果，这是一种间接的有利性，可能是社会渐渐形成的，可能是别人言传身教的，也可能是这个激素和这个行为天然就是捆绑在一起的。而人生意义的另一个要素——记忆，它是直接体现的，是已经在记忆网打上了"好"与"坏"标识的，和激素不同，它本身可以直接判断，不需要通过情绪转化。但两者的预期都是通过比较而来的。

　　从哲学角度来说，可以将人生的意义简单理解为身心愉悦。一个是神经的，一个是激素的。我们所有的行为，都是奔着这两个目的而去的。

　　前面提到，人生意义是通过记忆预期体现的。人的行为都是以人生意义作为根本目的的，通过记忆预期触发神经动作，记忆预期一定是对人生意义产生积极影响的。但在实际环境中体现出来的结果可能不是积极或者正向的，因为记忆预期虽然由人生意义触发，但预期的形成却和你的记忆与情绪有关，而每个人的记忆与情绪是不一样的。比如，你认定这样做是对的，但结果事与愿违，又或者你图一时之快做了一件让自己悔恨终生的事。其实，当时的出发点肯定是对自己有利的，只不过结果事与愿违。所以，从某种角度来看，这要求人从小就培养正确和积极的预期能力。

为了形象化地聊一聊整个过程，举个简单的例子，记忆粒子就像一个听话的孩子，他/她看到一个新东西（神经末梢），为了保护自己，会马上去翻书（记忆网），书的内容（记忆或者激素）会告诉他/她该怎么做（记忆预期），这整个过程就是比较（或者叫思维）。然后他/她沿着小路（记忆痕迹）跑过去，做出反应（行为），或者触发某种抵御物质（激素），保护自己，达到具有人生意义的目的。

大脑接收到外部环境的信息，首先触动记忆。因为激素和记忆直接关联，如果这个记忆曾经与某种激素建立了关联，会体现为心理反应，即情绪表现，并以自我设定的人生意义为目的，记忆上升到预期（即通过思维快速分析），做出行为反应。即前面说的记忆的反作用。有时，面对某种外部环境时，人生意义的两个因素会同时触发你的预期，这个预期会做出判断。进行分析后，你会得出是倾向保护神经还是保护激素的结论。比如你看到一则招聘广告："完成搬运工作，便可以得到一张演唱会门票。"有人会放弃，有人会选择完成任务。所以，每个人的行为虽然都是由人生意义触发的，但通过比较后，表现出来的结果是不同的。

人和其他动物的最大区别，在于我们的比较能力非常强大，我们不止比较当下，还会比较将来。今天同意你享用大鱼大肉，但是告诉你，明天你要上刑场，这顿晚餐你一定索然无味；紧抱着深爱的人，但他/她明天将要离去，你一定会哭泣不止。所以，此时此刻，有人就算躺在最柔软的沙发上，也会略带忧伤，不一定感到幸福。

记忆存在的根本意义是保护人体组织和激素的存在和完整性。由此，可同样推导出人活着的意义就是自我保护。通过记忆，迅速调动我们的神经，从而达到自我保护的目的。就算这种保护不是即时的，也是预期的。比如，某个地方发生灾害，当你路过募捐活动现场时，你想起从电视上看到的灾区情形，就毫不犹豫地将身上不多的钱捐了出去，这时你的心里好受了很多，甚至有一丝感动和兴奋。因为预期使得你做出了捐款的行为，目的就是让大脑的兴奋激素存在。

你也许会反驳，人生意义不一定都是利己的，并用实际行动举例。正好，你面前有一棵树，因为你为了反驳我，证明有些记忆预期产生的行为对人生是没有意义的，所以你还是对着树干忍痛打了一拳，然后愉快地对我说："我说的没错吧。"其实，这个过程正说明了人生意义的利己性。从你开始想反驳我的那一刻到拳头打在树干上，你的记忆预期是希望战胜我而获得快乐（有利激素），这正是人生意义。人生意义在每个瞬间带来的动作是不同的，即使表面看上去对身体是不利的。别忘了，人生意义的获取不单靠神经组织，还有心理上的，即体内激素。

换个不一样的说法，我们的行为都是有"预谋"的，就像我想方设法让你阅读这些内容，走入不同的思想世界，何尝不是我的企图呢？

参照物

我们在前面已经了解到，人类的进化模式是依靠比较而演进的。这里我们聊聊心理层面的比较，我们一生的每时每刻都在做比较，只是因很多比较十分细小，自己不觉察而已，或者已经变成了一种习惯。有些是显而易见的，比如，你知道这间餐厅的食物更好吃；这部电影更好看；这里的空气更清新。这些不过是比较模式中最显见的一些，它们不过是无数比较事例中的几粒尘埃。

我们重拾一丝好奇，继续深入。我们都知道，有比较就一定有参照物。这些你专属的参照物表现出你的价值观，是你判断好与坏的标准。那它们都藏在哪里了？它们有矛盾的时候吗？

参照物是过去留在大脑中的一个记忆痕迹，每个人的标准注定不同。你愤愤不平地说："我要是他，早就不活了，早就离家出走了，早就……"而他，却觉得"现在"比"以往"好多了，非常珍惜现在的生活。

我们总是在拿一个记忆比较另一个记忆。

在太多的参照物中，先找两个经常发生在我们身边的聊一聊。至于其他的，你大可施展拳脚，或者不幸躺在病床上时，或者在深夜无眠时，或者坐在落满秋叶的椅子上时……只要在你想静静地做一名思考者时。

第一个，先说爱情的比较，这个参照物会决定你如何选择一生的伴侣。有一些人拿未来作为参照物，和现在进行比较，你预计和这个人相处后，未来的生活会变成什么样；有一些人，只是享受和这个人在一起的每分每秒，你其实是拿现在和过去比较，和这个人相处后生活更好了，拥有的更多了；还有一些人，他们选择的爱情是和别人比较的，我拥有的比你多，或者我拥有的不能比你少，可能是物质上、外貌上，或者关怀上，甚至是社会舆论上。其实，更多的时候，我们选择的爱情是综合比较的结果，但孰重孰轻于每个人来说是不一样的。

现实中，对于爱情的参照物，我们通常是凭借内心的感受去做选择，并没有刻意将参照物和结果呈现出来。但正是这个潜在的参照物不同，导致每个人的爱情观不同。比如，这个男生在别人看来没有任何优点，但那个漂亮且优秀的女生最终选择了他，这让你感到诧异。因为她选择的标准和你是不一样的，她用了和你不一样的参照物。

但是，我们的参照物总是在变化的。当初的你暗地里告诉自己：既然做了、说了，就要负责到底；既然口里说出了"爱你"，就要一直坚持下去。那时你的参照物是责任心，那句诺言一直在左右你，这种激素在刺激着你。这个诺言就像一个契约，你时刻对自己说："我不能违约。"通过比较，你要满足自己的情绪感受，于是你选择和对方继续走下去，不顾其他，即使后来你知道你没那么爱对方了。好多年以后，你早已履行了你的诺言，你们结婚了，而这个诺言开始从记忆里慢慢消逝……有一天，你看到一对真心相爱的情侣，他们都遇到了让自己心动的人。于是，夜深时分，你开始感叹一生虚度，隐约涌现一丝后悔的情绪，后悔没有选择真心爱着的那个人，后悔当初为什么没有坚决离开对方，现在的你甚至觉得当时所谓的责任感很幼稚，很可笑。你说："爱情，本来就不是一个契约。"到了这个时候，你比较的参照物是内心深处爱的激素，比较的是别人的爱情，是你后来认知的爱情。而你此时认知的爱情，是要找一个你深爱的人，所以你开始忧伤了。

爱情里的参照物还有很多的变化，曾经以为你满头大汗跑来带给我一碗牛肉面就是所有的爱情了，但后来，这碗面变成了车子，变成了房子，变成了短视频里亦真亦假的理想对象，变成了远行和自由的欲望。

我们能保证我们一生的参照物都不变吗？不能，可能明天就不一样了。慢的话，可能不过几年吧。因为外面的环境变化得太快，记忆在变化，我们体内的激素也在变化，而这些都是你的参照物。你说我说得不对，你分明看到了那一对手挽手共度晚年的夫妻。只是，你看不到他们内心的变化，看不到他们曾经在深夜惆怅的那一刻。又或者，你此刻看到的，刚好他们的参照物又变回来了，变得更珍惜对方了。

第二个，除了爱情，最常见的就是工作方面的比较了。其实工作的参照物比较简单，通常就两个：自身工作带来的生活质量和别人工作的生活质量。主要比较的对象是待遇，包括现在的和预计的。还有就是休闲或者舒适性，即快乐的程度。第一，自身的生活质量很好理解，就是你的待遇够不够支撑你日常生活成本；或者你的工作是否给你带来快乐。第二，别人的生活质量通常依靠打听而来，拿别人的工作待遇和快乐程度和自己比较。其实，这很容易失真。简单来说，你并没有那么了解别人的真实处境。对于一些职场新人来说，若将工作后的生活和工作前的生活比较，那就容易出问题。当家庭本身的物质条件较优越时，除非工作环境让你很快乐，否则很容易感到不如意，很容易产生离职的念头。

由工作的参照物会不自觉地引申出一个话题——公平，这是社会管理者要关注的话题。某个工作应该获得怎样的物质水平？"应得的"就是最好的答案。比如一个体力劳动者对着那栋深夜还在亮灯的办公楼笑着说："我这脑瓜子可做不来那样的工作。"而那栋办公楼的人看着远处的工人说："我这身子骨可做不来那样的工作。"于是，我们都心甘情愿地在自己的工作岗位上本分地工作。就算偶尔内心不甘，至少能如此说一句自我安慰的话。但是，如果有一份工作，权贵者利用自身的权力，或者有运气的因素，从事着一种无付出，却又能获得很好的物质条件的工作（甚至根本不用工作），他人就会产生落差式比较。他们会不服气地说："那样的工作我也做得了，凭什么？"这时，社会容易充满怨气，甚至导致群体间的不稳定，从而产生一种不正常的心理导向。

其实，到了后来，当你的人生阅历越来越丰富，慢慢地，你有了更丰富的参照物，就容易将过去的你和现在的你相比较，这样才是比较客观的。偶尔，我们总是希望别人的参照物和自己的是一样的，就像你有意无意地说某种东西是好的，暗自希望对方也相信它是好的。但这不一定是对的，我们每个人的需求不同，你喜欢在空调下，而他/她喜欢在阳光中。

你不希望改变自己，不忘初心，即使沧海桑田。方法是简单的：第一，你原来的选择对象是真的好。无论参照物怎么变，比较的结果都是原来的好。你不会想去改变，因为最初的选择就是最好的，所谓"真金不怕红炉火"。第二，参照物不变。如前面所说，参照物是无法做到绝对不变的，你可以做的是使参照物尽量变得少一点、慢一点。不会形成新的参照物，标准始终是多年前的那一个。不知外面的好，一直活在自己的世界里，有时也是一种幸福。当然，还有一种就是你克制着不比较，安静地享受当下。如果意识到某个比较处于下风时，你马上转移重心，换一个比较。比如，你说你的房子豪华，我说我的身体健康，你说你的家庭幸福，我说我的阅历丰富……又如，你说你有高楼大厦，我说我有芳香的小花园；你说你有金钱，我说我有时间；你说你有精明的打算，我说我有闲适的心……反正，无穷无尽。但安于现状，显然是不利于人类发展的。

现代社会的信息太发达了，社交太多了，相遇太多了，或者说诱惑太多了。即使你不愿意，也总是在被动地接受各种比较。所以，相比那些远去的年代，现在的我们，总是活得更艰难一些。于是，有些人开始了逃离，在一个独自的国度，但愿他/她可以做到。

当然，参照物也分为显性和隐性两种。显性的参照物是我们日常拿出来比较的，并且经过思维判断后做的选择，可被用于比较的参照物就是显性的。除此之外，所有没有经过思维判断做出的选择，都是隐性的。

后来发现，幸福多一些的人，不过是显性的参照物少一些，隐性的参照物更多一些。这样的人更懂得顺其自然，不总在每一件事上斤斤计较。他们也许懂得参照物总是在变化，凡事该怎样就怎样。你问我当初选择的原因，我也说不出个所以然。

我们是回不去的，因为你已经知道了什么更好，你的记忆里已经存在了这个比较。但是，你的内心是清楚的，幸福的感觉总是差不多，说不定还不如当初。

年轻时，多走一些路，生活艰难一点、丰富一点，其实都是好事。它们留下的参照物，会在未来让你更容易地感受幸福。除非，你一直活在一个小院子里……

∽❀∽机器人∽❀∽

我们总是在努力地发展人工智能，努力制造出和人类极为相似的机器人，希望它们可以更好地为我们服务。甚至，我们希望有一天，它们有和人类一样的思维，那样看来才是真正接近智能的。但是，有可能吗？机器人和人的最大区别，就是人生的意义。前面提到，人存在的根本目的是争取自身利益最大化，而机器人不是。人们为了自身的利益最大化，会适应社会的生存法则，从而主动劳动、主动服务他人，间接地都是为了自己活得更好。而机器人呢，从设计它的那一刻，就注定是为他人服务的，它所有的主动性行为都不是为了自己，所以它们永远成为不了人类。除非……我们对机器人的设计从一开始就是利己的，并且具备类似人脑的思维方式。它们所有的主动性行为都是为了其自身利益最大化，甚至它们也像人类一样，看似在服务别人，其实根本的目的是让自己更好地生活下去，这时的机器人才能说是类似人类的。但是，果真这样，风险就太大了，我们人类尚且管不好自己，时常犯错，更何况是机器人呢？

身在一家科技公司，总免不了对未来有些设想，比如：有一天，机器人可以像人类一样行走在街道，和我们打着招呼；有一天，每个人都能在天空飞翔，自由自在；有一天，一个居住在另一个星球的朋友在电话那头对你说，明天就到地球了。又如，有一天，人类的寿命普遍达到 120 岁以上，三四十岁的你实在太年轻了，你可以做一个少年现在正在做的任何事情；有一天，人类的记忆可以被删除和修改，那幸福的定义就不一样了。

希望这一天，能够遇见，即使这些设想只实现了少数。

"我" 是什么

问："我"是什么？

答：是记忆的组合体。

没了记忆，你什么都不是。人的精神世界包括回忆、爱好、情感、思维、理想等，这些都是记忆，而我们的意识行为（如语言、动作等）是记忆的一种表现，只有无意识行为，才是物质行为。如何辨别呢？很简单，当你入睡时，所有的行为动作就是物质行为，或者刚出生，极少地接触到外部环境时，所表现的行为。虽然入睡后的行为是物质行为，但人体还是受记忆影响的，比如尚未有记忆时，当你尿急，你会控制不住自己，但有了记忆后（这种记忆已形成惯性思维），尿急的神经会触动记忆，记忆会提醒你该上厕所了。

"你叫×××吗？""不是。"这个简单的道理大家都知道，称呼只是一个代号，忽略这个代号，你究竟是什么？

"人"是记忆痕迹和轨迹以及附属的激素形成的众多记忆网的集合。人生的路程不过是所有的记忆加上其中的情绪。每个人的路程并不同。

有些人，一辈子留下的记忆很多，感受过不同的情绪，那他们人生的路程是更加长的。

然而，"环境决定了记忆，记忆决定了行为"，这个理论在某种意义上，会破坏现代文明的法则，或者冲击一些优秀的传统品德，为放纵自己提供借口。比如，你犯错甚至犯罪了，不会再责备自己，而把责任推给环境，认为是环境导致你现在的结果。所以，在这里，希望只是提供一个理论的学习，而不是改变你的思维方式，或者成为一个犯错/犯罪的信条。

环境决定思维，所以要改变自己或者他人的记忆，减少欲望或者调节情绪，重要的是改变环境，无论是外在的还是内在的。道理是浅显的，比如，你要控制自己的食欲，你要有意识地不去看、不去闻、不去听有关美食的一切；你要控制对金钱的欲望，少接触纸醉金迷的环境，等等。当你的记忆慢慢忘却了这些，你的思维方式也会改变。最终你的个性也会改变，即使不能完全改变自己，但至少会让自己变得平静很多。

你是否有了足够的勇气闭上眼睛，让诱人的欲望从面前悄悄流过？

我们的记忆时刻在变化，也就是说我们的性格也是时刻在变化的。今天的你和昨天的你可能完全不一样了，包括你的兴趣爱好，包括你对某一件事情的判断和看法。但你的改变有多少，则取决于环境变化对你的影响（包括体内环境和体外环境，而体内环境是最直接的），以及你原来的记忆痕迹有多深。其实，人类的个性改变是被迫的。因为随着你的年龄增长，你的体内环境也随之改变，体内的激素可能因为所摄取的食物而变化。当然，这里说的性格只是一个笼统的说法，将它进行细分后，会存在某些方面改变不大，而某些方面改变明显的情况。

我们常常追求记忆的广度和高度，努力接触不同的环境，学习更多东西，丰富记忆。比如体验农民的艰辛，懂得富人的奢侈，到不同国家体验不同的文化，经历过疯狂，也体会过寂寞。这些截然不同的环境会让你变得成熟和理智，看待事物更加客观、更加准确。但这与幸福无关，幸福还要取决于你本身处于什么样的环境，你的个性如何。假如，记忆广度对你的现状是有帮助的，那最好不过了。但你需要小心，如果现实和所追求的有很大的差距，你苦苦追寻不得其果，那它很可能会给你带来烦恼。

我们每个人都不同，你追求的，你欣赏的，你讨厌的……你温文尔雅，你孤独自我，你趾高气扬，你自信满满……正是所谓的人生百态。

我们每个人都一样，环境给我们留下记忆，都是为了更好地保护自己。

❧ 我理解的哲学 ❧

今天，天黑得太早，那一抹晚霞早已落下，你不禁有些暗自神伤了。

又过了一夜，天亮时你还是你，早晨明媚的阳光，昨夜的露水映照一街的忙碌，云朵飘过，你朝气蓬勃，匆匆而过。

某天，行驶的公路上，指示牌显示的 68 号坐标，记忆中浮现一件往事，我不说话了。

我们无时无刻不身在哲学，活在哲学，用哲学的语言表达。

记忆是哲学存在的根源，是哲学的载体，当记忆消失，个人的哲学世界也会随之消失。将全世界的人的记忆放一起，就是我们所说的哲学体系。在哲学的世界，所有物质都被我们赋予了情感。

记忆编织了哲学的世界，对一个人来说，他/她的记忆和记忆行为就是一个完整的哲学世界，当记忆消失，哲学世界也不再存在。哲学的存在形式有两种：一种是在脑部，即记忆，这是储存在大脑的，称为内部哲学；另一种是记忆的外部表现，即意识行为，或者叫记忆行为，外部哲学是别人感受得到的，比如说的话、写的字、有意识的动作等。

你的哲学世界，是你的记忆和意识行为的全部，每个人有每个人专属的哲学世界。

正因为我们活在哲学的世界里，我们每个人都有着欲望、责任感、理想、自尊心、法律意识等。通过哲学，维系社会的稳定和发展，并随着社会的发展，人类群体逐步形成相似的价值观和道德观念，对事物有相似的思维方式，进一步促进人类群体的融合。

有意思的是，由哲学形成的社会又反过来约束人类的行为，让社会行为保持一致性。比如，我们的社会形成某个规则，你尝试打破它，马上就会有人对你说，你不正常，你不应该，你违背教条，你应受到谴责，等等。你被大众拉回社会群体的行为规则内，就像我们所有人都被橡皮筋绑在一起一样，你挣扎得越厉害，受到的张力也越大。在不断地拉扯和碰撞中，逐步形成我们的自律性和自我约束的能力。但也正是在这种持续的向外张力下，总有一小部分人不停在尝试创新，不断打破常规，促使人类缓慢向前进步，并在自律和进步相互结合的基础上形成现代文明，推动社会的前进。

那个在大家看来不安分守己的人，在更遥远的未来，人们可能是会记住他/她的。

∘∘∘ 善意的提醒 ∘∘∘

　　你会发现我们的身体很有趣，会产生自我保护模式，这种模式是"记忆粒子的自发作用"。因为我们的记忆粒子和身体组织是需要休息的。比如你困了，记忆粒子会提醒你休息；皮肤痒了，神经提醒记忆粒子，再促使你挠痒。再比如你口渴了、背疼了……

　　因所有的行为都依靠记忆粒子，那就是说，记忆粒子随时要准备着，这样才能及时做出反应。不过问题来了，万一你的记忆粒子没有准备着，它总是在忙着其他事情，就容易出问题。因为所有的提醒，你都没有及时发现，你的组织正在受损害，而你却一无所知。比如，你总是长时间专心在做一件事情，你的身体各个组织都在不停地提醒你休息，但你的记忆粒子太忙了，所以没有理会并做出反应。有些人说自己突然生病，其实身体很早就在提醒你，只是你没有心思理会而已。

　　那有没有自检的办法呢？有的。比如每隔几小时，花一分钟放空一下，感受自己是不是累了，要不要上厕所、喝水、伸腰、远眺；每隔几天，睡前躺在床上，或者摆一个最舒服的姿势，通过冥想，用心去感受每个部位，从头到脚的每一个组织，是否有哪里不舒服。偶尔，再做一次接近身体临界点的自检，比如摆一个高难度的动作，参加稍微激烈的运动，再感受是否哪里有异样，身体哪个地方有提醒。

通过这些自检，你可以了解你大脑的记忆粒子和身体组织需要什么。因为，你的体内是有生物钟的，它会提醒你该睡觉了、该起床了。某个组织如果有问题，当你用心去感受了，那多少会有一点感觉，至少，不会错过它一直想给你的提示。

你忙到忘了上厕所，其实膀胱早就提醒你了，不过是你总在忽略。万一有一天不小心得了膀胱和肾方面的疾病，又百思不得其解了。可是，我无所事事，一有风吹草动，就有所行动，所以问题总算不大。其实，身体总是在善意地提醒你，重要的是你不要忽略了。

以上不过是日常无聊时的自检，通过冥想，依靠记忆粒子和神经的自检，并且是短暂的，不代表你可以省去到医院的体检。因为有一些细微的提醒，你很难捕捉到，也无法用心感受到，它们在你体内，隐藏得更深，只能借助外部的仪器进行检查了。

❧ 人的个性和行为 ❧

你真正了解一个人吗？好像是的，你了解他/她的脾气，他/她的个性，他/她的思维。其实不然，你甚至不知道他/她现在喜欢的穿着风格，可能源于很多年前女朋友/男朋友送的一件白衬衫。

你想真正读懂一个人吗？那你需要读懂他/她所有的记忆。当然，通常情况下，除了那个你爱着并且希望共度一生的人，你并不想过多地去了解其他人，而且你也做不到。"个性"，在我们的日常中，嘴上虽不常提，却是每个人的标签之一。在本质上，个性是每个人自身不同记忆的体现，是微观心理学的一种体现形式，这种外在表现的分析即是宏观心理学。

人的个性和行为与记忆相关，要了解一个人的思想、个性或者他/她的行为习惯，那很简单，你只需要了解他/她的记忆便可。现在的科学水平尚不能直接依靠分析脑部的记忆痕迹或者轨迹，来分析并预计出某个人的个性和行为，那么我们只能间接地分析记忆的形成因素——环境。

这是一个庞大的数据分析工作，也许全世界的心理学家联合起来，借助科学技术，才能去编制这样一个全图，即环境和记忆、记忆和个性、个性和行为的关系图。

我们已经知道，我们的个性来源于记忆，记忆来自我们的环境。你的遗传基因、体内的激素、记忆粒子，这些物质体现在每个人身上都不同。就是说，你睁开眼睛，即使和我看到了同一个事物，但在我们的头脑中留下的记忆是不同的。因为我们记忆的深浅，还有与其他记忆之间的关联程度都不同。另外，我们就算存在相同的记忆，因为我们体内激素不同，记忆网上黏附的激素不同，也会表现出不同的情绪。

我们因不同的激素体现出不同的欲望和情绪，在不同的环境下，记忆对于选择哪种激素最大化也是不尽相同的，所表现出的个性行为自然不同，价值观也不一样。

你此刻的想法和感受，可能明天就变了。甚至，你洗完澡后就不一样了。当外部环境改变，你体内的激素受到不同的影响，其触动的记忆和形成的思维预期是不同的。所以，思想从来不会停止，就像晚上写下文字，到了早上又得改一次，这注定是一本写不完的书。

也许仅仅是生活中的一项乐趣，我们偶然喜欢去分析星座、血型、生辰八字，从而得出某人的个性。我们已经知道个性是记忆的一种表现形式，其实这种分析是有一定的科学道理的。在某个时期出生的人，记忆会受到相似的外部环境的影响，表现出类似的个性。当然，这个影响有直接的也有间接的。直接的影响是，比如你在夏天出生，而人们在夏天的生活方式，父母对你的教育方式，你自己的睡眠习惯等，这些外部环境对大脑的直接影响与其他季节不同；间接影响是，比如夏天出生的你，体重、大脑的发育、体内激素、血液与在其他季节出生的小孩不同，从而对大脑产生间接影响。在你越年轻时，这个分析就越容易被归纳，因为个性是相似的。但是，随着你不断成长，不停变化的外部环境开始更深入地影响记忆，进而影响你。

长大后我们每个人的个性会产生越来越大的差异，只不过这些差异有时我们都很好地隐藏起来罢了。每个人都有自己的兴奋点，于是，追求的东西便是不一样的。记忆形成后，不同人的记忆粒子会在特定的记忆区域做经常性运动，因此这个区域的记忆会明显主宰情绪，所以每个人表现出不同的个性。

那究竟什么是人的个性？我们可以大致理解为是个体特有的思维方式。站在记忆的角度，就是根据已有的记忆轨迹，记忆粒子做的惯性运动，形成相似的记忆预期，并表现出来的一种你专属的行为状态。

如果有一天，科技发达到可以控制你的记忆，那会是怎么样的？

谁说，透过清澈明亮的眼神，你洞察了忧郁的我。

如果有一天，科技可以修改和删除你的记忆，你的个性还有意义吗？

ᏂᏗᎩ 思想植入 ᏂᎷᎧ

　　我猜想，今天晚上，你躺在床上入睡前，在关掉手机的时候，你会想到一只在蓝天飞翔的小鸟。

　　此时此刻，你看到这句话，脑海会出现蓝天和小鸟，并且将它们联系在一起，这就是我对你的思想植入。如果晚上在睡觉前，你仍然想到这只小鸟，那说明我对你进行的思想植入是深入的。

　　其实，我们的一生都在被植入思想，这不过是记忆的形成过程而已。不过，人脑的记忆能力有限，所以会基于人生意义，识别外部环境对于记忆痕迹的记录程度，某些很浅的记忆会被抹掉，没有形成稳定的记忆网。记忆粒子记录的深刻程度和频率，还有激素黏附的程度，都会导致思想植入的程度不同，因此个体间产生的差异很大。

　　此刻，我的幸福想要向你传递，只恨文字的表达过于苍白……不能让你看到玻璃外一片白雪茫茫的世界，不能让你闻到窗台檀香的味道，不能让你感受到冬日房间里暖洋洋的阳光，无法体会和我一样的内心感动……我们总是希望通过某种方式改变别人的思想，以获得和自己一样的感受，或者和自己一样的观点，但又发现总是很难，这让你很苦恼。无论你如何苦口婆心，就是无法让对方接受你的思想。因为，每个人对人生意义的理解不同，记忆预期的参照物不同，其个性也不同。

那如果你的思想可以不通过对方的神经传递而植入，而是被直接更改呢？比如，通过手术直接在对方的脑部植入一个记忆，在对方脑部直接修改记忆痕迹或轨迹，在某个记忆网上注射不同的激素，对我们人类会有什么影响呢？我们能否这样做到呢？

❧ 记忆更改的影响 ❧

　　有一天，你我如此希望，要是真有一碗孟婆汤，可以忘记我们想忘记的，或者让别人忘记我们想要忘记的，那该多美好啊。

　　记忆的更改形式有很多，比如，植入某段记忆（通过外在环境的变化），人为地直接更改记忆痕迹，删除某段记忆，等等。我们常常苦恼于外在的环境对记忆的更改需要太长的时间，甚至一生都抹不去，我们的耐心总是有限的，虽然时间的力量很强大，但是我们迫不及待了，而且我们还想要做到不留痕迹，要是可以直接更改和删除记忆该多好呢。其实，这些在理论上是可以实现的，记忆是在大脑记录的，当我们实现了追踪记忆的痕迹并了解了所表达的内容时，可以利用物理手段直接对大脑的这个痕迹进行更改和删除。当然，这里也分为两个层次，直接删除记忆要比修改记忆更容易。当人类的科技可以实现对记忆的修改时，那么世界将变得完全不一样，我们的社会、人类存在的意义，也会彻底改变。

　　首先是死刑，如果可以实现记忆的修改，那么死刑将可以废除。因为人的个性都是因记忆而造成和构成的，将导致一个人犯罪的根本原因的记忆更改或者全部删除，从根本上改变他/她的个性，也就不会存在将来犯罪的可能性了。当一个动物完全没有记忆，那么它的存在犹如案台上的一块肉，其死亡也不值得怜悯了。当然这也分两点来说，完全删除记忆是一个极限，而且从理论上说，一个人完全没有记忆，无法依靠自身的系统去维持生命，本身就和死亡没两样了；另外，我们人类是一个社会体系，我们还有亲友等，即使一个人没了记忆，但和他/她有关系的人还有记忆，除非同步更改别人对这个人的记忆。但你可能会马上想到，如果这个人没有家人朋友，那是不是在删除记忆后处死就可以了呢？这个问题就留给你去思考吧。

未来科技发展方向，将会是研究如何改变大脑的记忆，比如利用合适的可控制的磁场等方式。当然，像美国这样的高科技发达的国家，也许暗地里已经在着手研究了。

其次，如果记忆真的实现可修改了，那我们的人生观将会被重新定义，对幸福的理解将完全不一样，所获得的快乐也不相同。这将会颠覆我们以往的生活，正如《你幸福吗》一文中所说，由于幸福是通过比较决定的，那只需将参照物的记忆删除或更改，甚至直接将比较对象的记忆更改，我们即可获得幸福，这也可以影响社会的发展模式。比如，你早已解决了温饱问题，享受一顿更美味的龙虾才是一件令你快乐的事，如果将你脑海中对龙虾的味觉和所有的记忆痕迹删掉，甚至只保留红薯的味觉记忆，那么，你饿的时候，记忆所想到的，就是希望吃到红薯了，在你吃到红薯时，将幸福无比。并且，如果人类群体的记忆都如此改变的话，那经济的发展方向，甚至一个国家或整个社会的存在意义又要被重新定义或者改变了。

只是，如果记忆可以修改，你还是你吗？那，我也不再是我了。

对记忆的修改就像爱因斯坦的相对论，受限于人类自身的思维能力，我想记忆是无法完全按照我们的意志被更改或者控制的。但是，局部性的更改或者某种程度上的影响是有实现的可能的（这里指的是脑部记忆轨迹和痕迹的实质更改，而不是如催眠或者电影《盗梦空间》里那样，通过制造某种外部现象而达到的临时的思想植入）。因为记忆的载体是记忆粒子留下的轨迹和痕迹，它们是由某种物质组成的，可将其抹去或者覆盖。当然，我们首先要了解这种物质，这需要通过一个科学实验去完成。

❦ 惩 罚 ❧

如何惩罚一个人，这是法官还是制定法律的人该考虑的呢？你内心的这把尺子是怎样的呢？

从法律层面看，目的是以此惩罚作为戒尺，让人们从心理上警醒。那，如何公平地惩罚一个人？在判决结果出来后，我们偶尔会以第三者身份，去聊聊这个结果是重还是轻。

举个例子，时间放在 21 世纪，有一个男孩非礼了一个女孩，那他应该得到怎样的惩罚呢？

惩罚这把尺子，在法律文书上是有具体标准的，但在每个人的内心，度量都是不一样的。这里仅聊聊每个人内心层面的惩罚标准，即我们认为的心理上的公平惩罚。

判决下来，男孩需要在监狱里待三年，那在三年后，可能有几种结果，我们先大体作两个假设：

一是，女孩渐渐忘记了这件事，和家人幸福地生活着。男孩刚刚出狱，错过了最好的一段青春，又因污点在案，接下来找不到工作，活在名誉扫地的阴暗和悔恨中，狼狈一生。

假设的前提条件是：女孩本身思想相对开放一些，比较成熟；男孩是家里未来的希望和支柱，且声誉对于他的家庭非常重要，无奈他一时昏了头。

二是，女孩一直活在心理阴影中，也不敢找男朋友，而男孩出狱后好像没有受太大影响。

假设的前提条件是：女孩很保守；男孩自身条件不错，父母放任不管，男孩本身对未来没有太多的憧憬和期望。

另外，还有一些经济类案件，在惩罚上会更有争议。比如，对一个穷人或拜金者来说，如果能获得足够的金钱补偿，他/她甚至愿意去坐牢。同一个惩罚的手段和影响，对不同阶层的人来说，是完全不一样的。

所以，想要从心理的角度获得公平，在受害和惩罚之间太难找到一个平衡了。

孰轻孰重，法院在判决一个人的时候，会间接参考这个人的悔过态度。但法律面前的一视同仁才被认为是公平的。在实际应用上，还有一个补救方法，即采用试探性方式。若是首犯的话，一视同仁，我不考虑这个惩罚对你的心理影响，但再犯的话，则认为第一次的惩罚是轻的，所以要加重。

那内心的惩罚呢？你自责，你悔恨，你得到的惩罚是应得的，还是过重了呢？

真正公正的审判是应该加上一个量刑的波动幅度的，当然这个幅度是有限的，只能在有限的小范围内变动，既可加重也可减轻。当然，评估团队要非常专业，而且需要经过调研。从这个人的作案性质、过往的生活情况、家庭背景等，结合这个地区当前社会形态的变化等各方面，预测惩罚结果产生的影响。当然，这是要投入更多精力的，也容易被不怀好意的人暗箱操作，但愿，进行一个相对公正的惩罚吧。

蓝天下，风安静地吹过，有人虔诚地跪在一座墓前，心里诉说着所有来不及的悔恨。那里藏着的，是这个人辜负过的、错过的、对不起的。

你说，一生经历太多，已有太多惩罚。后来，忘不了祈求一句"原谅我"。其实，我们经常在内心惩罚自己，那未必一定要是别人的审判呢。

时光倒流

　　记忆也有相对论。记忆的好与坏、美好与悲伤，都是相对的。后来的你才说，原来自己是幸福的。再后来的你说，原来自己可以如此幸福。

　　桃花深处幽幽，隐隐约约的雷雨声，在窗外的远处。我伏在桌子上快要睡着时，淡淡的矜持且动听的音符流淌而过，于是又醒过来了。

　　你看到这里，还未曾想过"时光倒流"这四个字，那该是如何的幸福呢？

　　不过，往往更多的可能是，我们总在某一个时刻，幻想时光倒流，回到过去的某个时刻，重新选择，重头来过。于是，我们期待时光穿梭，回到心心念念的那一天。但，在你的有生之年，这种回到过去的可能性好像太小，这让你惆怅不已。

　　其实，不用那么复杂，也不用那么伤感，你也许忘记了，时光不过是你的一个记忆。将你的记忆直接修改不就可以了吗？在你的脑海中，将你当前的处境设计成你所希望回到的过去，让你产生一种感觉，此时此刻，就是处在你以前的时光中，就可以了。如果这个也有难度，大不了将你所希望回到过去的记忆直接删掉，不再渴望倒流，岂不更简单了？我想，实现对记忆的删除，总是要比寻找到一个月光宝盒容易一些。

　　如果，有这样一份工作，它的目的是实现记忆修改，那我希望自己能加入，并用余生去努力。

激素与情绪
——好奇心与欲望篇

我们时常不愿承认自己有一些欲望，但它一直在。每个人都有潜在的欲望，只是不说而已。

人类之所以能形成文明社会，除了强大的记忆功能外，还有体内激素表现出来的各种欲望，好奇心就是欲望表现的一种方式。记忆粒子不知疲惫地寻找新的记忆轨迹，从而最大限度地触发兴奋激素。

小时候的好奇，是大人告诉你不远处有个海滩，你便会不顾一切，兴奋地跑过去。长大以后，我说不远处有个海滩，你会先问，那里美吗？小时候的好奇，是自己亲身去探索的。后来的好奇，很多是听说而来的，你无法获得满足，只在电影里好奇结局。

好奇心通常包括两个要素：一是对未来的预期概率；二是预期结果为"不肯定"，但依然触动兴奋激素去探究的心理程度。

小时候的我们，曾被鼓励挑战自我，大胆做每一件事，勇敢地叫一声叔叔阿姨，甚至登台表演。那时的我们，因好奇心的触动，发现了很多惊喜和乐趣，跋山涉水，到处奔跑；那时的我们，思维没有被外部环境管控，依靠探索我们获得了很多收获。于是，大脑慢慢形成潜意识，我们对未知的事物都充满好奇心，都想去尝试，也敢于做很多未知的事情。因为我们知道这样的好奇心会带来更多的惊喜。

反之，如果小时候缺少上述几种影响，没有得到父母和老师对尝试和探索的鼓励，或者好奇心的结果总是给你带来不好的记忆，即我们从小就被安排好了自己的生活模式，接受家庭或学校输入的可预见性的思维，常常被告知怎么做会有什么后果，应该怎么做等，这样的结果便是，我们开始缺乏好奇心，到后来体现出来的个性便是安分守己了。

很多人或一直处在单一的状态，便总是蠢蠢欲动，想寻求刺激。当看到不一样的，感受到不一样的，有人挑起了你新的欲望时，大脑便开始猎奇。于是你希望改变，变些不同的花样，享受着这些涟漪带来的高潮和兴奋。就像春夏秋冬的改变，各有不一样的风景，地球的生物注定不是"安分守己"的。只不过我们的多数人靠着所谓的自控能力压抑着躁动，在低调中走完一个短暂的轮回，最终平息下来。但总有人在刚刚好的时机，将不安分的欲望释放了，再继续下一个轮回。

好奇心这种激素的存在，有时会让我们做出一些在别人看来不可理喻的事情，即人生的意义看上去不那么明显。这种激素的作用更多是推动人类向前发展，总体上，可以将它定义为一种有利激素。但是，在个体上有差异。有时"好奇害死猫"，即你做的这件事不但没有利，而且会带来有害结果。毕竟，要推动社会的进步，不是一件容易的事，某些个体的牺牲总是在所难免的。"我就是想看看，这座大山后面是一个什么样的世界。""我就是想试一试。""我就是要体会一下，即使是危险的，是无意义的，是浪费光阴的。"

从管理者的角度来看，如何管理好奇心较强的员工呢？即引导他们朝着社会的惯性方式生活，降低他们的好奇心。这样会使管理者对人群更易于管理，也是一个群体稳定的基础。所以，群体的好奇心既能带来对未来的创新，推动社会的发展，也会导致这个群体难以管理（这个难以管理只是体现在某些方面），或者说偏离管理预期。这时，管理措施的出台更加频繁，更加多样化。当然，这两者不是绝对的分离，任何个体都有好奇心，只是偏向程度不同而已。所以，一般社会处于发展速度比较快的阶段时，人们的好奇心总是更重的。

有时，我们读一本书，在里面找到了激情浪漫或饱含爱恨情仇的情节。可是，你的好奇心不允许，它一直提醒你走出书房，留下真实记忆。我以为，年轻时候的你，应该听从这个劝告。

在老到即将离去的那天，我们终究会发现，在平稳中尝试追寻和探索，找到不一样的人生意义，是人类自身的发展规律。只不过，常常有些人没有把握好对好奇心的度量罢了。我们要怎样把握这个度，就是人们常说的价值观了，这是我们一生都在学习的东西，毕竟那太难了。

价值观

　　价值观是在社会环境中形成的习惯思维，是在各种事情的选择过程中，人们所使用的参照物的集合，是一种哲学的表现形式。简单来说，就是判断一个事物是否对自身有益，从而得出做或者不做的行为结果。价值观是什么？举个例子：当你面对一件事情时，你的记忆基于人生意义做出一个判断，并形成记忆预期。虽然记忆预期都是对人生预期产生积极作用的，但在触发记忆前有一个"是"与"否"的标准，即记忆粒子是否通过预期触发行为，这个"是"与"否"，既是一个判断标准，也是我们的价值观的体现。

　　我们常说的自尊心，也是价值观的一种体现。通常可能是某人说了什么，使得你内心强烈抵触。产生这个抵触心理的原因是从外界接收的信息和自己的价值观产生了碰撞，然后触发了一种情绪。

　　自卑和自信，萦绕在每个人的一生中。当你有一个被人嘲笑但难以改变的事实时，你大可不必自卑，自信的人只是清楚自己的定位，自己想要什么，明白人不是完美的，你有好的地方，也有不好的地方，你只需努力去改变，学会自信就够了。

　　从社会角度来看，我们应尽量不要贬低或嘲笑他人，重要的是不要以点评的方式当面评论某人，特别是这个人在某方面的价值观很明确时。比如你对一个非常孝顺的人做了不孝顺的评价

（对你来说，只是说说而已），他/她的抵触情绪会非常大，甚至会体现在行为上的抵抗。所以，在你充分了解这个人的价值观之前，请小心交谈，避免草草下结论。

❧双重性格❧

书的尽头有几行散发远方味道的句子，"日照香炉生紫烟"的仙境，"采菊东篱下"的生活，便是你一生浪漫而梦幻的追求。

只不过，此刻在拥挤的公交车上正赶去上班的你，期待购买一辆轿车，期待说出的收入能让人投来艳羡的眼光，在踏入家门时，更希望家是一所靠近地铁的房子。

你的追求、你的爱好、你的想法，总在发生着变化，好像不是同一个人。

"双重性格"只是一个通常的叫法而已。实际上，我们体内的激素随着环境时常变化，每个人在不同的环境下表现出不同的情绪，也就是说，人的个性是多重的。

在灯光闪烁的派对上，你侃侃而谈，控制不住兴奋的情绪；一个人独处时，又能捧一本书享受安静。白天的你意气风发，精神饱满，但晚上又多愁善感，需要一杯红酒助眠。偶尔激素爆发，你仿佛变了一个人，比如内疚和悔恨的激素爆发，你痛哭不已。

于是你，一会爱一会不爱，一会好一会坏，一会高兴一会忧愁，一会疯狂一会忏悔，一会坚定一会犹豫。一个你对另一个你说，停下来歇歇吧，别再胡思乱想了。

不过，这里说的多重性格是指无意识的变化，而不是刻意去改变自己的言行举止以达到某种目的。

人之所以有多重性格，是因为身体内的激素在不同的环境下会情不自禁地发生变化。这些不同的激素，会让你表现出不同的情绪。同时，变化后的激素会触动记忆粒子在大脑产生新的运动轨迹，以至于面对同一个事情，你会做出不同的选择和结论。多重性格有很多表现形式，有些是显性的，有些则比较隐性。比如，你时而温柔，时而暴躁不安，这种由于环境不同所带给你不同的行为表现，是显性的。又比如，你在此刻的思维下做了某个决定或选择，但在另一个环境下，思维又让你做出相反的决定和选择，这种行为表现更加隐性，也是我们后悔的原因。总而言之，一切总在让你飘忽不定。

而在哲学世界里，若想了解他人的多重性格，要善于抓住对方的情绪变化，适配相应的思维方式，便总能起到事半功倍的作用。

我们总在不经意地切换个性，通常不同的个性引起的行为差异不会很大，我们甚至不会察觉。不过，某些人在某种特定的环境下表现出的个性差异非常大，甚至相反。而比较严重的情况是，由于记忆痕迹的不衔接，不同性格下的行为在两个不同的环境下会相互遗忘，就是不记得上一个环境的情绪了，完全独立于另一个环境的个性。这时候，你突然表现出完全不一样的行为，会让人觉得可怕，让人捉摸不透。这种情况下，多重性格就是有害的了。这种情况也被称为多重人格。

如何减少个性在不同环境的差异呢？总的原则，就是减少记忆冲突，即保持环境的稳定性。其实，性格差异有正面和负面的影响。烦恼不过是因为差异产生了负面影响而已。但是，长期的烦恼会让你的个性差异持久地存在，久而久之，会出现上面所说的记忆断层的情况。

"Please kill him"，你理智又无奈地说。

命中注定

我们一定在某个时候对自己说过："这就是命。"而且随着年龄的增长，你越发频繁地这样认为。

命运，是指我们的人生历程，是对过去的一种总结。环境决定了我们的个性，个性决定了我们的命运。在人生历程中，我们经常感觉某件事的发生是冥冥中注定的，我们习惯说"这是命中注定""这就是命"，为什么我们会有这种感觉呢？这种"注定"到底是什么东西呢？

随着年龄的增长，你越来越发现，经常会有类似的遭遇，或者你做一件事，即使尽力采用了不同的处理方式，但好像总摆脱不了相似的一种结果。这时，你又要说了，这是命中注定。

一般来说，你生存的环境是相对固定的，即使你更换了环境，由于你的记忆是由前一个环境留下的，它已经影响甚至塑造了你的个性，这种潜移默化可能你自己也没有察觉。你对新环境的选择和产生的行为，受到前面环境的影响，通过记忆思维使它们两者存在联系，那么，在这两个环境中，你总会发现有些遭遇是近似的。对于近似的结果，是因为你的个性和思维方式稳定后，你的选择和行为也是相对固定的，所以处理事情的结果也总是近似的，即使你自认为已经努力去改变或者采取不一样的方式了。

从本质上看，我们所说的"命中注定"的"注定"是什么呢？其实被注定的只是你的个性和思维。因为过去已经是历史，它们存在于你的记忆中，而且改变或者形成了你的个性和思维，你难以改变，而你的个性和思维又影响了你的未来。命中注定或许可以解释为过去注定了你的个性，而个性注定了你的现在和将来。

年轻时，虽然受外部环境的影响，但我们的思维方式尚未固定，各种遭遇和结果之间的差异都较大，因此没那么相信命。比如，一个小孩不会对自己说"这是命中注定""这就是命"之类的话。只有年龄越大的人，才越喜欢说命，或者信命。因为到了这个年纪，你的思维方式越来越固定，致使处理事情的结果也越发近似，这时你稍加总结，就会将它们归结为命中注定。当然，我们说"命中注定"，只是对已经发生的近似遭遇或者近似结果的一种判断，是一种相对性的比较。实际上，我们生活中更多的事情是变化的，结果是不同的、出乎意料的，只不过这时候我们没有总结而已。相对而言，我们存在着更多的"命中不注定"，只是我们忽略了罢了。

我们都有过信仰，只不过对象、持续时间长短不同而已。这是个很好的东西，会让我们懂得坚持。当遇到某些很重要又无法理清楚或者改变的事情时，我们只能将它们交给老天爷了，自我安慰，这不过是命中注定。

有一些东西，好像注定就是得不到的。

记忆预期

人类能成为高等动物，与大脑中记忆粒子形态的多样性相关。而其中最主要的是人具有强大的思维能力，能够对事物做出判断、分析，形成记忆预期，从而能预知未来。我们能根据已有的信息，通过假设、因果等逻辑关系预见下一步，比如看见乌云，能判断下雨。不过，无法摆脱的结论是，思维也是一种记忆，但这是相较于普通记忆体现出来的一种更高级的形式，它会围绕人生的意义，通过比较做出分析并指引人的行为和思想，所以思维的结果也叫"记忆预期"。

通过记忆预期，记忆粒子既可以触动神经，也可以触动激素。所以记忆粒子的运动是双向的。从根源上看，它是由环境触动，再形成预期的；从结果上看，它又是通过预期产生的。

神经会反作用于记忆粒子。神经的激烈运动，或者某种激素的变化程度使得记忆粒子偏离正常的运动轨迹，或者超出正常的带电程度，留下过深的痕迹（超出正常的记忆粒子痕迹记录的承受程度），而这种情况，会产生痛的反应，让你颤抖、大叫、流泪等，并在脑部留下叫作"痛"的记忆。而人存在的其中一个意义就是，让记忆粒子保持一种稳定频率的运动以及存在状态。

粒子会自动搜索已有的轨迹，从而触动神经，进行自我保护，这个过程就是思维。当然，记忆的轨迹会将某些事物联系起来，最后跑到一个已存储的结论中，从而在这个结论点，触动神经做出反应。

人所有的行为、反应都是受到环境影响的结果，即使你在胡思乱想。思维就是记忆粒子在轨迹运动后得出的一个结论，包括被动形成和惯性形成。被动形成即记忆粒子在两个神经末梢之间运动；惯性形成即受一端的神经末梢影响，然后通过自由运动（在原轨迹）再形成新的轨迹。比如，受环境驱动从记忆痕迹的位置 A 出发，不停地搜索，到 B 再到 C，确定 C 是目标后，会在 A 和 C 之间形成轨迹。

你在苦苦思考，在想如何解决这个难题，你完全置周围的环境于不顾，为了避免影响，你甚至闭上了眼睛。于是，记忆粒子在已有轨迹和未有轨迹的痕迹之间飞快地游走着。

潜意识是一种惯性思维方式，通常形成近似的预期。潜意识的形成，其实是强烈的意识变成了习惯。一般越年轻越容易形成，其强烈程度和形成期的持续时间有关。比如，你在小时候的某个时期，害怕见某个人，导致每次快到见面的时间，就产生了强烈的紧张感和抗拒情绪。当这种情况有规律地发生了几年，你的脑海中就会形成一种潜意识，即常规性思维。做任何一件不喜欢的事，当其还没到来前，都会异常紧张，提前造成自我压抑。

这就好像，人有自我暗示的能力。

其实，潜意识是自我保护的有用途径。当出现一个类似的场景时，我们根据已形成的一个惯性思维进行自我暗示，启用了这个思维。然后使用这个思维试图说服自己，并且让自己相信，自己对事情的判断结果就是那样，现在就应该这样做。

在当前环境的影响下，有时会产生多个行为意向，你会选择哪个？其实，我们的预期可以简单分为长期预期和即时预期。在常态下，你的记忆粒子停留在长期预期下兴奋激素的区域，并以此指导你的行为。就是说，对于记忆粒子的活动范围，长期预期已经给你圈定了。虽然长期预期是长时间在某个相对固定的环境下形成的思维结果，但是环境（包括体内环境和体外环境）也是在变化的，那在某一个时间点，这个环境还来不及形成长期预期，那谁来指导你的行为呢？这时会产生矛盾。通常，环境突然变化太大，便只能形成短暂的预期，或者即时预期。它很可能和长期预期是相矛盾的。结果，常常在事后出现"被抱怨"，别人会指责你。但实质上长期预期和即时预期没有好坏之分，环境的变化要求我们必须做出即时反应，而且，我们不是常说"难得糊涂"吗？

❧ 有利的潜意识 ❧

　　我们常开玩笑说心里常念"关你什么事"或者"与我何干"，便能解决许多使我们感到困扰的问题，其实这是一种潜意识。

　　潜意识，本质上是一种心理暗示，一句属于你的潜台词。当出现特定的场景时，这句台词就会弹出，你在心里自言自语，并改变思维方式，引导情绪。潜意识是一个惯性记忆，我们可以去控制它，形成我们想要的潜意识。

　　潜意识作为一种惯性思维，它的形成是需要一个过程的。从潜意识指导的行为结果来看，潜意识是有好坏之分的，我们应该尽量形成一些好的潜意识。

　　在这里，我想要培养你三个通用且普遍认为有利的潜意识。第一个是"我问心无愧了"，即在你努力之后，不论结果如何；第二个是"看开点，凡事都有两面"，即在某件事让你失意和后悔时；第三个是"这个想法很危险，得马上停止"，同时左右晃一晃脑袋。这里，我们侧重说第三个。

　　实施"危险的想法"后果有三种：违反法律、违背道德、伤害自己。只要出现这三种情况中的一种，应即刻弹出这个潜意识。

　　你现在就要开始默念："这个想法很危险，我得马上停止……"

　　有人说："我不会无缘无故地出现所谓的危险想法。"是的，这句潜台词本身就不适用于理智的逻辑思考，而是为了防止你图一时之快，胡思乱想。比如，你极度烦恼，不知为何，你突然想到自杀或者自残。在这时，这句潜台词应该弹出来，阻止你继续思考下去……因为，如果没弹出这句潜台词，不对思维进行阻止，在当时的情况下，你甚至会继续思考，越陷越深，直到真的去行动了。所以，潜意识的作用，等于在思维分析之前加了一道大坝。因为这个思维分析的本身存在就是危险的。当然，就算没有这个潜意识，在你进行了理智的分析后，你可能并不会去做，只是想想而已。但是，谁能肯定呢？可能，你明知自己的想法是违法和不道德的，但经过你的分析，你竟然会认为，"我做这件事情，又不一定会被人发现"，或者"代价不高，没事"。在你的大脑充斥着欲望的时候，分析常常变得不理智了。

当然，潜意识不是万能的，即使所有人都具备并充分利用了这个潜意识，也无法阻止所有违反法律、违背道德、伤害自己的事情发生，因为有时候你根本来不及思考。比如，你在别人的怂恿下一冲动就去做了。

潜意识不一定不利于人类整体的进步。因为，有些奇思妙想，在慢慢的探索中，人们发现它是有利的。

好的潜意识的形成，往往能带给你较好的自控能力，让自己更简单。因为这个社会诱惑太多，纷扰太多，你的情绪波动太大，你会遇到各种事情，产生奇思妙想。如果你不想折腾你的人生，好的自控能力和自我调节能力总是会让你少一点困扰的。当然，这种能力是要刻意培养而形成习惯的。

或许，这几句潜台词更适合的场景，是在烦恼得要发疯的时候，是在激动得要崩溃的时候，是在冲动得要犯错的时候……

喜好、爱情与记忆

　　他喜欢听古典音乐，你喜欢听潮流音乐，总有不同。一个人的喜好与其记忆相关。你喜欢这部剧，因为找到了共鸣，感知自己并不孤单；他/她同样喜欢这部剧，因为峰回路转的剧情吸引了他/她。我们喜欢一首歌曲，喜欢一种味道，喜欢一个人，总离不开两个原因——情绪和神经。喜好是情绪和神经相互作用的最好体现，它利用记忆记录与这些情绪和神经相关的环境，实现对人的自我保护。简单地说，喜好体现了心理和生理的一种舒服状态。

　　一首歌好听与否，常常在于听者此刻的心情。

　　当你听一首你觉得很好听的歌曲时，你之所以觉得舒服，是因为音乐的旋律让你的神经很放松，和记忆没有直接关系。但它们有着间接关系——这个旋律在大脑刻录的同时，正好有一个美丽的爱情故事发生在你身上。将来你再听到这个旋律时，你不但会觉得你的神经很舒服，而且会想起那个美丽的故事，它会触动当时的情绪，达到心理上的享受。因此，即使是同一首歌曲，每个人的喜好也可能不一样，因为除了神经的体验不同外，还有附属激素的不同。所以，我们的喜好既有共同性，又有独特性。

　　记忆和神经是相互影响的，通过喜好触动你的记忆，引导你做一件事，达到神经享受和内心愉悦的双重目的。

　　但，事情好像并没有那么简单，同一首歌曲好像总有听厌的时候。当一个曾经打动我们的东西，反复出现后就会变得平淡，不再有当初的兴奋和感动，至少兴奋度开始下降。我们也许看过这样的文章，意思是说要懂得把握限量的感动，留一点遗憾，那才是最好的记忆。这是为什么呢？因为，体内激素也有边际效应。在记忆被触动时，第一次留下痕迹和轨迹，激素也是第一次形成，所以你的感觉是最强烈的。但每个记忆网的激素是有限的，当达到饱和后，它就无法再递增了，你的感觉没有之前那么强烈了。就好像我们饿时和饱时吃同一样东西，感觉是不一样的。

我们喜欢的东西总是在悄然发生改变，其程度可能连自己都没有察觉，更不要说他人了。

爱情呢，也会这样吗？是否有保质期？答案是肯定的。但这要比一首歌曲复杂得多，所以无法准确用一个"保质期"进行说明。你遇见了对方，初次观其颜，闻其声，了解对方的某个习惯和个性，这些初印象，大量触发激素，我们有强烈的感动和冲动，这是爱的发展期。但在长久接触后，激素总会下降，除了偶尔被激发，更多时间里都是平淡的，这是必须接受的现实。但爱情和别的东西不同，它还有很多辅助要素。由于我们一起经历过酸甜苦辣，我们有美好的回忆，有许下的承诺和对对方的责任感，这些都一直存在于记忆中。当然，还有对对方的依赖，对对方的习惯，这些是你经过比较得出的对自己有利的方式。就好像你知道，深夜了有人等候，有做好的晚饭，有可以依靠的肩膀。所以，即使爱情给你带来的愉悦感在减少，其他的辅助要素却在加强，在支撑着你们走下去。但是，假如这些辅助要素失效，且留下的美好记忆不多，加之没有孩子或缺少责任感，当情感逐渐减少，爱情就容易出现危机，面临考验。

你一定对自己说过："这一刻，我是真的好爱你，在昨天月光如水的晚上。"依然是同一个你，你一定对自己问过："这一刻，我是否真的爱你？在今天阳光炙热的早上。"但，你或许不动声色，因为，你知道月光还会再来，你还是一样的你。

我们体内激素的变化由不得我们，因此，我们也在时刻变化。

❧❧ 社会观念 ❧❧

　　我们有太多社会化的观念，在特定的时期、特定的群体中，社会有一些普遍特征。比如，这个社会既追求财富，又追求一种世外桃源的生活；人们喜欢身材苗条的女孩，喜欢阳光高大的男孩；喜欢追求健康饮食，又要满足口腹之欲。这些社会化的观念，是怎样形成的呢？

　　通过观察可知，若社会上的人们普遍喜欢一样东西，那这样东西自然是当时对人类自身发展有利的。本质上，某种共识是受社会影响，还是自然影响而形成的呢？当然是后者，社会不过是一个载体而已。举个例子，我们现在的观念里，普遍喜欢身材纤细的女生，而回到二十世纪五六十年代，可能不一样。你依然会好奇地问，个人的观念是受社会影响才有这样的不同喜好吗？答案是两面的：从个体来看，你是受社会整体观念的影响，但这只是表象；从本质来看，社会的整体观念是人类本身自我发展的表现，是自然属性。因为在吃不饱的年代里，胖是身体好的体现，是富足的表现。而现在，胖是不健康的体现。当然，站在个体的角度来看，这个自然属性不一定是正确的，并不适用于所有人。但我们整体社会所形成的观念，取决于大部分人，个体对此无可奈何。

　　在一个特定时期，社会往往会形成一些特定的观念，它们是符合当前人类自身发展需求的，对个体来说，这是一种高效便捷的方式，你只要"搭顺风车"，依照规则去做便可，通常情况下，这是对个人最有利的方式。

但是，社会的观念在变化，你不必纠结于没有严格遵从，不必苦恼于脱离人群，你不一定是落后，只不过是比其他人多走一些路而已。

同时，社会形成的集体观念，并没有具体告诉我们一个可把握的度。于是，我们要学会平衡，平衡工作、生活、家庭，甚至情感，这才是一个人智慧之处。因为，社会观念所指引的目标，不过是让我们每个人更幸福一点，但是你的幸福该如何取舍，需要更明智的抉择。

取舍其实很简单，不过这里多要一点，那里少要一点，这里看重一点，那里看轻一点。

激素与情绪

——感动篇

感动是众多情绪中的一种。外部信息触动了记忆粒子，粒子运动产生了记忆预期，从而触发某一种激素，这种激素让你有感动的情绪，甚至落泪。这是一种有利激素。

每当想起父母的养育之恩，你便有报答的冲动，热泪盈眶；每当你想起爱人曾经为你做过的事情，你便想要为他/她去拼搏；每当你想起某人对你的帮助，你便想要努力给予回报；甚至你想到上司对你的好，你便想要更拼搏地工作。

触发感动激素的记忆预期有很多，最主要的是得失落差。基于平等的理念，认为别人给予自己的多于自己付出的。简单来说，就是觉得别人对自己太好了，或者设身处地，看到别人的离别、感情得失等。如果一个人从没体会过离别，那他/她看见别人离别时，感动也会少一些的。

既然感动或者感激的事情是过去的，那对个体的预期（即将来）就不一定是有益的。根据人生意义的理论，人是利己的，那为什么会产生这样的情绪呢？这正是因为激素的自然属性。只要形成这个感知偏差，这种激素就会出现，也就是说，由不得你了。

你会好奇，为什么有些人受到了恩惠，却没有感动和感激的情绪呢？因为他们根本没有形成感知偏差，没有产生这种激素。

简单来说，他们并没有认为自己受益了或者别人奉献了，甚至认为自己的付出要更多。所以，要让一个人容易获得感动，懂得感恩，从小就要开始培养，多听听知恩图报的故事，多了解别人的难处，意识到很多时候自己的受益是大于自己的付出的，应该懂得回报。

所以，你我身边总有一些人稍显麻木，由于大脑不容易形成得失落差的记忆预期，你就是付出再多，他们好像也无动于衷。

从某种意义上看，我们也应该多帮助别人（特别是和自己没有直接利益关系的人），因为有时你的一个小小的行动，会给别人留下感动的情绪，其大脑更容易触动感动激素，从而再去帮助其他人，形成一个良性循环。

感动情绪作为一种有利激素，它是社会和谐的重要因素，也是我们追求的一种积极的人生态度，所以感知偏差的存在，是好事情。

感动和内疚经常被捆绑在一起，通常这两种情感较丰富的人，总是活得更累一些。你总是在考虑别人的感受和遭遇，总觉得有亏欠，希望自己多做些，从而获得内心安慰。但问题是，往往你力不从心。

大雨下，有只流浪小猫，可想到忙碌而奔波的自己，你只能伤心离去。又或者，你无法给予一个深爱自己的人承诺，你无法抚去对方的伤痛，这让你痛苦不已。你常常在惩罚自己。

现在，过去，将来

  冬日的阳光透过落地窗散漫地照了进来，穿过杯子里缓缓升起的热气，落在了地毯上……这个周末的清晨，我靠着沙发边，坐在柔软的地毯上……略带一点忧愁，让时光慢下来，慢到地老天荒。

  傍晚时分，远处的街灯都亮起来了，那里是城市的另一端，便显得安静。于是，选择一首温柔的乐曲，只有现在，没有过去和将来，显现出一种朦胧的美好，像是在做梦……记忆变得安静，粒子不再被神经和激素强制运行在某个轨迹上，好似获得了自由。

  只是，当再次天亮时，我们又得重新面对滴答滴答的时间了。

  时间，只不过是我们记忆的一个概念。宇宙本身并没有时间概念，有的只是空间和物质，所有的物质只是在持续地聚合和分离，在空间上产生变化而已。只不过，对于这种变化，我们聪明的大脑将其赋予了时间的概念，赋予了先后顺序。

  我们的大脑总能快速地在现在、过去和将来之间切换。从物质属性的角度来看，记忆粒子是怎样识别现在、过去和将来的呢？既然我们所有的思想和行为都是以记忆为载体的，大脑里布满了密密麻麻的记忆轨迹和痕迹，记忆粒子在上面运动时，它是怎么区分现在、过去和将来的呢？我们没有本质上的现在，所有的行为都是记忆粒子运动完成后的表现，所以这里着重说说过去和将来。这要区分两种认知：一是我们对过去的划分。我们的记忆那么多，大脑需要将记忆按时间顺序排列先后。二是我们对过去和将来的划分。从哲学层面很容易回答：已经发生的就是过去，还没发生的就是将来。但在物质层面，我们的大脑怎么区分呢？

首先，我们如何判断一个行为物质早于另一个行为物质呢？我们的大脑有两种判断方式：

第一种是判断粒子记录的痕迹带电量的多少。由于刚产生的记忆的电量更多，当记忆粒子走过该痕迹时，即可识别，我们认为其发生不久。所以，根据电量的多少我们就能知道这件事是否发生，就能判断它与另一件事谁先谁后。当然，通过电量判断时间的先后是人的自然属性，这也是为什么有些事情其实过去了很久，但感觉恍如昨日。原因有二：一是这件事在记忆粒子刻录记忆时，由于强度大，导致这个痕迹的某种物质带电量更多；二是你经常回忆某件事，记忆粒子不断对痕迹补充电量。

第二种是选择参照物。人的记忆实在太多了，对于发生了很久的事情，由于记忆痕迹的带电量下降，这些记忆的电量都差不多，这时我们无法靠电量强度识别时间的顺序。于是我们有第二样东西——参照物。它是在人的成长过程中，通过人类知识的积累，以记忆的形式刻录在大脑里的时间类事物。时间类事物中，最直接的是人类定义的年、月、日、时、分、秒，再是物质本身或者空间的变化，即运动形态的前后不同（某种意义上，直接定义的时间也属于运动类）。通过相对的运动，才产生时间的概念。而人类的聪明之处在于，我们在记录一件事的时候，会贴上一个时间标签，于是间接地通过这个标签识别先后。我们常说的因果关系也属于这一种。

其次，对于过去和将来（预期）的区分，也需要时间类参照物。比如，对于起床，大脑是怎样识别昨天早上和明天早上的？对于记忆粒子来说，都是游走在早上的阳光和床的记忆痕迹和轨迹上，那它怎么判断昨天是过去，而明天是将来呢？其实，这还涉及人生意义的本质问题，我们通过预期产生了思想，并给这个思想加了一个定义为"现在"的参照物，即最接近过去的变化，在这个参照物之后的，定义为"将来"。简单来说，对将来是没有形成记忆网的，也缺乏激素黏附，所以将来和过去有本质区别。但，凡事没有绝对，如果一个人沉迷于一个幻象之中，并且对它赋予某种情绪，那这个场景在其记忆里就如同真实发生过一样，已经分不清过去和幻象了。

当然，从物质属性的角度来看，"将来"也是粒子的运动结果（这个运动是已经形成于记忆中的），所以从大脑运行的本质来说，我们是活在过去的。

我们喜欢区分多维空间，其实记忆存在的本身，就是一个多维空间。

从上面的分析可以看出，能识别现在、过去和将来，人类是借助了年、月、日、时、分、秒的，并懂得环境的变化，还有大脑强大的记忆功能。但对于其他动物呢？既没有钟表，也没有强大的记忆功能，是否能区分时间先后且如何区分呢？或许，对它们来说，这个世界每天都是在重复的。

所以，如何区分过去和将来，从哲学层面看，是非常简单的，在大脑的物质层面却非常复杂。通过给记忆上标签，一个是发生了的，另一个是没发生的，由于已发生的事情有参照物，人们可通过这个参照物标识某种记忆属于过去还是将来。比如人之所见所闻。由于神经刻录的记忆会淡化，不同记忆之间的顺序会越来越不清晰，我们还是会借助其他工具在记忆网上进行标记，比如钟表显示的时间、大自然的变化等。

我们日常也有缺失参照物的时候，如忘记某个动作是否真实做过，对此我们有时称为"健忘"，其实这和健忘并不完全相同。比如我们走出家门，忘记刚才是否锁门了，一种是忘记了，直接回去再锁上，这是健忘；另一种是怀疑是否锁了，因为我们每天在做重复的动作，并没有放在心上。锁门这个记忆是一个预想（即没锁），还是一个刚过去的记忆（即已经锁了），抑或是一个以前的记忆（即没锁）？有些分不清了。因为，今天的锁门记忆和昨天的锁门记忆形成的参照物没有变化。

对时间的认知也许是人类发展的重要一环，它被人们用来识别记忆的先后。假如记忆没有先后，我们不会有今天的文明，甚至连生存都有问题。举个例子，关于计划一趟旅行，你只记得前年说过"要去"，然后去年你说"不去了"。此刻，你也可以准确知道后来的结论是"不去了"。因为时间的参照物告诉你，这是后来的决策。

事情总在重复，这一天的深夜时分，外面下起了大雪。站在窗前，我突然想起"风雪夜归人"这几个字。在一片白茫茫的山野里，一个披着蓑衣冒着大雪的老伯，推开柴门归来……清晰的画面像在某一天出现过。我知道它从未发生，但倍感真实……

人类社会的未来

　　人类学会组建家庭、成立国家，以群体的方式生活，是人们的一种生存和自我保护能力的体现。这是社会发展的结果，群体的无限结合可能是未来发展的方向，是人类自我保护的最优方式。

　　个体的思维却会越来越独立。在科技的支撑下，个体越来越容易形成独有的思维，而不是简单继承某个人或者遵从某个团体的思想。

　　社会的发展和环境是相关联的，这个环境包括个人的家庭环境，以及整个社会的发展现状。当科技高度发展，你出生后很快就会独立成长，父母的参与度下降。那在你长大后，牵制着你的责任感的记忆，将会有所下降。在科技的配合下，人类冲动性的行为会出现得更多，人类的个性会更难以琢磨和理解。因为每个人的个性差异会非常大，甚至别人说一句话，在不同的人看来会有完全不同的理解。这里只是举了其中一些因素变化带来的改变，而当家庭、学校和社会持续地发生剧烈变化时，人的思维变化实际上是更复杂的。

　　其实，无关神经和激素多样性的变化，人类追求的人生意义是不会变化的，即我们始终在追求身体组织的最大化存在。只不过，通过比较，这个要求现在变得更高了，激素的增加也是递进式的。比如最常见的兴奋激素，在闹饥荒的年代里吃一个馒头，在丰年吃一顿肉，就会产生兴奋激素，而现在要产生兴奋激素，可能吃的是某种个性化的食物了；在20世纪80年代，看电视便是视觉享受，就觉得兴奋，但是如今要产生兴奋激素，可能追求的是沉浸式体验了……我们虽然一直在说，要学会知足，但慢慢发现，要找到兴奋的感觉，总是比以往更加难了。

对于不惑之年的人，找不到兴奋的感觉并不可惜，因为曾经有过。但是，是否想过，我们的后代呢？他们要找到兴奋的感觉，除了儿时的好奇外，再长大一点，比如到了二三十岁，那时他们如何进一步获取兴奋感呢？他们在小时候，大脑便开始接收大量记忆，物质上已经达到较高水平了。因此，他们为了寻找兴奋感，一定会继续去探索，这正是人类发展的规律。于是，食物会更丰富，科技会更发达，爱情会更多样。他们的人生于现在的我们看来，是那样的不可思议。只是，我们不必惊慌，我们现在的生活在几百年前的人看来，也同样是不可思议的。

对于未来，假如科技高度发达，人类的身体机能增强，寿命大幅延长，那人生的安排也是要变化的、应该进行调整的。其实，这一直都在不知不觉地、慢慢演变着。比如，在某个时期，当人们的平均寿命只有50岁时，那他们结婚生子的年龄可能是18岁。如果平均寿命延长到80岁，那结婚生子的年龄可能是30岁。如果平均寿命延长到100岁，那结婚生子的年龄可能是40岁。还有，这个年代，即使我们到了50岁，还可以再创一番事业，可以从头再来。因为，我们的青春可以很长。

你幸福吗

　　我羡慕整天傻乐傻乐的你，我羡慕沉醉在自己世界里的你。虽然我曾经认为那是目光短浅的，应该被耻笑的，但是我现在甚至做不到如你那般的平静如水，做不到如你那般的狂热和洒脱。我还在苦苦追寻那份属于自己的幸福。

　　幸福总比我们想象的要公平，我们在特定的时间看到了别人的幸福，那如果时间期限为一年，或者一生呢？在更多我们没察觉的时间里，每个人都有着喜怒哀乐，有着平淡如水的生活。

　　从本质来看，快乐取决于对比所产生的思维预期，它有两种表现形式：一是开心，二是幸福。通常来说，开心是即时的，是临时激起兴奋激素的表现，就像听到一个笑话。而和一笑而过的开心不同，幸福有具体的思维过程，预期是对自己有利的，过程是平缓的，开心和幸福在大脑中是由不同的激素产生的。

　　站在他者角度，一个人是否感到幸福，往往和比较的结果有关，而比较又和使用的参照物有关。一般来说，我们拿现在和过去比较，和周围的人与事比较，或者和将来比较。

　　这个周末我可能比你更幸福一点，不只在于我可以悠闲地听音乐、享受阳光，而是过去几个月不停地加班应酬，不但没有周末而且压力巨大，相比之下，这个难得的周末到来，本身便让我激动不已。不过，好像有些人总是更擅长通过与他人进行比较来获得幸福，而不是拿现在的自己和过去的自己比较。

得不到的永远在骚动。当你发现自己某方面比别人差，而且这个差异一直存在时，就会感到失落，现在人们的不幸福大多源于此。而更可怕的是，我得不到的，潜意识里也不希望别人得到，这是一种扭曲思维所获得的幸福感。因为人在比较的模式下，无法获得优越感，预期内也无法取得优势，于是，只能降低参照物的预期标准了，这其实是一种无奈之举。这并不值得提倡。

其实，这大可不必，我们还有一个途径——人生那么多比较，大可将关注的事物换一个，从不同的维度去思考，比如你在羡慕别人的财富时，可曾知道别人可能正在羡慕你拥有的浪漫爱情，反过来也是可以的。此外，对未来的期望是另一种获取幸福的途径，除了和他人比较，我们还可以有自己的追求，这个过程虽然是艰辛的，但也可以是幸福的。所以，幸福作为一种感觉，其来源有很多，它本身是公平的，并不偏袒谁。

幸福是，生活过得有期待，即便是一个小小的期待；幸福是，想到明天要做的事，今天已经感到很开心了。

作为一种感觉，幸福是发自内心但不露于表面的。我们一定要像那个长途跋涉的人一样，走一遍他的路程，才能获得同样的幸福吗？或许，我们只需午后在一个休闲的咖啡厅，听着外面的雨声，读着所有关于他的旅程，走入一个不同的记忆世界……这一样是幸福的。

不少外国人，特别是欧洲人，生活中的幸福通常来源于这种状态——平淡而不张扬，但深入骨髓。由于没有表现形式，媒体是捕捉不到的。有时，我们仅靠肉眼看到的东西便自以为地定义幸福，比如看到高楼大厦、繁忙交通，就轻易将其总结为幸福。殊不知，那里的交通之所以落后，是因为人们并不着急上班，不赶时间，他们可以优哉游哉。

从记忆的角度看，幸福同样是记忆的一种自我保护模式，通过某种行为激发有利激素。当然，在我们的记忆中，得先有"幸福"这个词和用于比较的参照物。其实，与记忆主题无关，幸福并没有标准。当我们被赞赏时，受到参照物的比较影响，也会感到幸福，这相当于有人提醒我们，我们是幸福的。

你因一件事而大笑，这是开心的标准和表现，而幸福是没有标准的。假如一名记者在做关于幸福的调查，哪个时间的问答才是最客观的呢？是在工作时，在恋爱时，在快入睡时，在周末的早上，还是在回家的路上？在不同的时间和地点，会有不同的答案。如果要得到最客观的回答，应在我们做每天花费最多时间的事情时间。不过当我们听到这个问题时，可能会突然迷茫，因为从没去想过这个问题，只不过因为被问了，才迅速地寻找参照物……然后给出一个答案，并且可能会在十分钟后忘掉这个问题，继续生活。如果是这样，其实我们是幸福的。不幸福的人大部分时间都对现在抱着悲观的心态，常常感到不开心，当被问到这个问题时，会不假思索地回答："不幸福。"

管理者喜欢提出一个个梦想，希望个体为这些梦想奋斗。但是，是否考虑过，什么才是个体的梦想？我想应该是追求幸福，它是一种细微的心理活动，而不能简单地通过数字量化。或许，是在任意一天的下班时分，依然可以看到每个人悠然又微微泛起的笑容吧，至少，不是愁眉苦脸的。

人的生活通常可以分为三种状态：幸福、自然状态、不幸福。

不幸福，通过比较，欲望无法在预期中得到满足，内心总是感到失望。关于幸福，有一个著名的公式，即幸福 = 满足感 ÷ 欲望。

我们有很多欲望，比如食欲、物欲、被爱的欲望、被赞美的欲望、权力欲、享受欲等。在人的成长过程中，这些欲望在发生变化，某种欲望变得强烈，而某种欲望减弱，"无法在预期中得到"。

除了幸福和不幸福的状态外，还有一种自然状态。预期中产生的积极或者消极的激素太少，少到还没来得及感受便消失了，这种状态便是一种自然状态，人在大部分的情况下都是自然状态。

我们一定要懂得追求幸福，因为我们内心深怀理想和希望。

第一，尝试想象一些美好的画面。它不用具体，在足够努力和有足够勇气的情况下，是可以变为现实的。这个画面能让我们笑对苦难，每当它出现时，我们会更坚强一点。比如想象有一天，和最爱的人一起驾车到海边看日落日出。

第二，专注你现在所做的事。也许这不会产生幸福感，但对于原本不幸福的人来说，能抛开所有的情绪，专注于眼前的事情，便是最好的。你有一颗平静的心，在很多人看来，便已经令他们羡慕不已了，《专心的木匠》这篇文章，说的或许就是这种情况吧。

第三，少一些心理上的比较。当然，这是从情感层面说的，不必打听尚未拥有且预计难以实现的事情，因为这种反差会让我们失落。但是，这个不比较不是让我们不思进取，而是让我们专注于改变和努力，依然要追求事业、爱情，追求幸福，只是不要时刻想着我们没有什么。当然，如果这个落差让我们充满动力，那么这个比较是可以时常存在的，因为原动力本身就会带来幸福感。至于那些让我们苦恼而又得不到的，远离并忘掉就好。

第四，多拿自己所拥有的和别人没有的进行比较。这会让你有一种优越感，因为感恩也是一种幸福。当然，这种感恩是表现在你内心的，而不是向别人炫耀，因为从道德的角度来看，炫耀可能会让另一方产生不幸福感，这是不道德的行为。

第五，多关注美好的事物。比如美丽的风景、快乐的聚会等。这样，在我们的记忆中，会更容易产生积极的情绪，感到幸福。对于那些让人不愉快的事情、画面和感受，可以刻意地选择遗忘。还有，我们偶尔遇到不公平的事，内心也应该多一分体谅，要坚信大多数人是善良的，即使看上去不是，也相信他们是有难言之隐的。

现实生活中，不少人认为物质决定幸福，我们也常以物质的富足与否作为幸福的标准，特别是当看到他人炫耀时，便笃定认为那样就是幸福了。但是，如果你的追求只是攀比，并在追求的过程中伴随巨大的痛苦，我很想告诉你，你看到的事实也许在欺骗你。就像，你只听说都市时尚浪漫，却不了解它背后的拥挤和给人带来的烦躁；你只看到一个人从一辆豪车上下来，却没看到那个人内心的孤独和寂寞……很多时候，我们只是想当然地认为别人更幸福而已。

当然，富足的物质对于幸福至关重要，专注在追求物质的路上，同样是好的，更优质的物质确实会带来更多的幸福感。而且，物质水平的提高会给我们带来改变的勇气，改变一种生活，甚至改变一段婚姻。但是，当物质发展到一定阶段后，其带来的幸福"边际效应"是会下降的（采用自身比较法）。假如伴随的痛苦已开始大于幸福边际，便该思考是否要继续这无止境的追求，而放弃其他可以带给我们更多幸福感的事情了。我想，聪明的人便会进入更深层次的追求，这是发自内心的，是一种对于人生幸福的真正理解和追求。

那是一种闲适的心态吧，平静而美好。只是，甘心平淡，同样要很大的勇气。

如何客观地评价一个人的幸福？因为幸福是一种感受，而人的记忆能力在不同年龄阶段是不同的。如果一个老人和一个小孩在烈日下一同干着农活，我想我会更同情老人。

偶尔，我们要相信自己是幸福的。对此有一幅漫画表现得很形象，大概是这样的：一个年轻人自认为很失败，选择从楼顶跳下，在掉落的过程中，透过窗看到每层楼里的人隐藏在背后的真实一面，突然发现自己才是那个最幸福的人。石阶上那个吹着凉风弹着吉他的流浪者，谁说他一定不是幸福的呢？

有时，幸福可以很简单，我们需要的只是耐心等待，它不过是来得晚一点而已。

三毛在一篇散文中说过，一向喜欢做手工，慢慢细细地做，总给人一份岁月悠长、漫无止境的安全和稳定感。我想，当你走了太多艰难的道路，有过内心躁动不安的日子，这份来之不易的平淡便是莫大的幸福了。

我们的烦恼

　　昨夜入睡时，在现实和梦境的朦胧时分，你美丽的背影却变得清晰，接着便回到了秋天落叶的日子。哦，那天若做了不一样的选择，未来定有很多的不同。在掉入梦里的那一刻，我许了一个愿望，愿醒来时便是那一天了，窗外有树，有房东的猫。

　　可是，拉开窗帘，瞅了一眼，灰蒙的天。一个淡淡的烦恼在悄悄地生长，有时，这样的烦恼多到数不过来……

　　我还有很多事情要做，可是最重要的那一件事情没完成，对其他的事情都提不起精神了。

　　你期待的结果并没有出现，你想到自己白费的汗水，以及不被理解的目光。

　　某一刻，你回忆美好，只可惜，美好回忆中的亲人或者恋人已不在身边，你无法回到过去。

　　你面对着一个不爱的人，为了誓言，为了声誉，为了小孩，无力改变。

　　生活的压力，房子、车子、孩子，旁人的流言蜚语，压得你喘不过气而精神萎靡。

　　你想到一件必须面对但又无力改变的事情，一种绝望的窒息感扑面而来。

　　哦，反正闲着，我们不妨探究一下此刻大脑中正发生着什么。由于过去记忆的触动产生某种负向激素所表现的生理现象，通常需要具备两个条件：首先，过去的记忆能否影响激素物质，这取决于个人的惯性思维。比如，我们会想到同一件即将到来的事情，但你的预期是好的，而我的预期是坏的。其次，预期触发神经的频率和强度不同，触发的激素量不同，即表现出来的情绪不同。比如，同一件事我表现得很悲伤，而你看上去情绪波动不大，甚至还能开心地做着其他事情。

我们常常会人为地将烦恼放大，所以烦恼是需要乘以某个系数的。这个系数和记忆预期有关，或者叫"烦恼加倍理论"（其实，快乐也一样）。即当我们想一件烦恼的事时，这个过程产生的烦恼比"本身"的烦恼多（这个"本身"可以简单理解为后来实际产生的烦恼，基于它是客观的）。举个例子，我们将一件事情的客观烦恼值假设为1，由于记忆预期不同，在某个时刻体现的情感程度是不一样的。如果记忆预期不存在，烦恼程度为零（即事前或事后，你都不去想这件事）；如果记忆预期很强烈，且系数为正，那么你会很痛苦。在不同人身上，这个系数是不同的。所以同一件事，有人很烦，有人不那么烦；如果系数为负，也就是这件事带来的是快乐，它一般是我们所说的乐观主义。一件于你看来是悲伤的事情，在另一个人看来却是值得经历的，甚至享受其中。

是的，要懂得品味苦涩。

回到刚才说的惯性思维，对于某件即将到来的事情，每个人触动的预期不同，因此烦恼不同。再举个有趣的例子，比如今天是周六，由于惯性思维，我跳过了周日想到了周一上班的烦恼，而你却只想到了明天的快乐；到下一个周六，你却没有想到周日的快乐，因为周一和以往都不同，你要离开家乡到远方，从事一份孤独的工作，这时你会感到烦恼。因为预期的改变，惯性思维发生了变化（这里举例指的是某个时段的情绪，不是唯一的，可能你上午烦恼，下午又开心了）。

简单地说，烦恼是由某种负向激素直接导致的，这种激素可以由预期引起。

延伸一个有趣的话题。既然烦恼由预期产生，那预期越强烈的人，在预期结果是对人生意义有害时，烦恼或者恐惧感就会越多或者越强烈，即烦恼系数变大。我们知道，预期是记忆思维的结果，在其他情感因素相似的情况下，思维能力弱的人是不是烦恼强度较小，但频率更高呢？比如，当年龄已不小却一无所有时，思维能力强的人或者会更烦恼，甚至导致忧郁；而思维能力相对弱的人，烦恼对其来说可能只是一晃而过，从而更注重最近的事情，比如晚上的一顿美食就能让他们消除烦恼。另外，动物之间相比，脑部更发达的动物对即将到来的危机是不是要比脑部不发达的动物感到更恐惧，比如一只狗被杀和一条鱼被杀，两者的恐惧程度或许并不同吧。

你躲在洗手间，随着水流的声音，眼泪止不住地流，你对刚发生的事情伤心不已。其实，每次出现过的烦恼都会在大脑里留下痕迹，当记忆粒子触动这些负面记忆时，同样会表现出消极的情绪，久而久之，这类事情即将到来的预期让你感到烦恼，即使实际上结果并没有你想的那么糟糕。这时你的烦恼在另一个人看来，便是无病呻吟了。

或许，我不过是想提醒你，下一个春天的到来，阳光依然很暖和……和煦的微风吹过时，悠然的蓝天下定有青草的味道。你会幸福地希望，躺下做一个淡淡的梦，所有的过去都烟消云散了。有时，你只需耐心等待，等待……

❧ 烦恼的背后 ❧

　　虽然记忆本身的存在是保护身体组织的，但由于外部环境的不可控，它既会对记忆产生好的作用，也会产生坏的影响。当外部环境由于变化较为激烈，或者过于复杂时，记忆粒子的频率、电量、速度等就会受到影响，从而影响记忆粒子的运动轨迹，并触动不利于身体组织的负向激素，使人变得持续性沮丧、伤心。比较极端的情况，当记忆粒子激烈运动，甚至脱离神经的控制时，人便会出现精神问题了。

　　我们会因为失去感情、工作失意而伤心落泪，情感总有一个脆弱的点，只是一直没有被触碰，没有察觉而已。某一天，你想起曾经的爱人，这个记忆会让你感到伤感，也会让你感到幸福。一个人的记忆粒子虽然触动相同片段的记忆，但粒子的习惯性跳跃不同，若顺着轨迹运动到了"失去"的定义区域，并停留在"我永远失去了最爱的人"的记忆，同时，预期是以后再也找不回这种幸福了，这时表现出来的是伤心。若粒子跳跃到了"曾经拥有就是幸福"的定义区域，并且停留在"我将来还会遇到一个更好的人"的预期记忆上，这时表现出来的是幸福。

　　伤心时的我们不一定会流泪，这和神经的敏感度有关。比如泪腺，它也受记忆的影响，当粒子达到预期后，运动到保护自身组织的神经下，即哭对于现在的我们来说，是一种保护。当然这个哭和小孩的哭是不同的，小孩出生时的哭是一种生理机能，但小孩的哭也会很快成为一种记忆，形成一种自我保护的能力。当粒子的电量或者频率不足以影响神经，或者神经迟钝时，人也不会哭了。

生活中，有人失去至亲，有人离婚，有人失恋，有人下岗，所有的烦恼来源于我们对事情的预期结果。再也没有爱了，再也没有陪伴了，再也没有大餐了，再也没有……所有这些通常体现两个方面，一是我们失去了什么，二是我们未得到什么。

你的烦恼如果放到另一个人身上，偶尔会变得神奇。你现在的烦恼在于爱而不得，有人羡慕你，他/她说他们在一起多年，却不相爱了，也已没有勇气违背当初的承诺；有人羡慕你，他/她现在已经结婚了，无力改变；有人羡慕你，他/她现在已经有小孩了，不敢奢求再有什么改变；有人羡慕你，他/她现在已经暮年了，躺在病床上才后悔蹉跎一生，叹息最终错过。

所以，我们每个人可能在他人眼里都是幸福的，只需要想清楚是否改变就好了。

而对于决定不再改变的事情，我们只需躲闪，再躲闪，坚强，再坚强。对于无法争取到的东西，我们要学会评估它所产生的影响。现在就可以设想，在过去的人生中，哪一类事情让你一直耿耿于怀或者无比后悔？只有这类一直出现在你脑海里的事情才是重要的，才需要努力和重视，需要改变和争取。如果不是，一笑而过就好。想一下，假如我们近来很烦恼，请将它写下来，通过电子邮件设定两年后发送给自己，两年后你收到邮件时，在它的基础上，再将此刻的烦恼写下来，同样设定两年后发送给自己。如此重复。很多年后，对着一长串的邮件，我们也许会发现，曾经所谓的烦恼，在后来，也许是如此的渺小。既然如此，那现在又何必烦恼呢？

某种意义上，除了生理上的痛苦，比如疾病、饥饿、寒冷，其他都是人为导致的心理痛苦，是可以自我调节和康复的。

有人说过，即使是太阳，也只能照亮接受光明的事物和地方。

你是幸运的，是如此幸运！你现在怎么样又如何，我们都不过是宇宙间渺小的个体，在无边无际的空中飘荡，那你还惆怅什么呢？

或者，你永远要相信，时间一定比你想象的强大。这个"强大"不是说时间过去那么简单，而是过去以后，有一天你会发现，原来换一种方式，日子可以更美好。只是时间后来带给你太多的改变，是原来的你无法想象到的。

我很想采访那个坐在屋檐下等待的老人，想问他，在他年轻时，有没有和当时认为最爱的人在一起，是否充满了悲伤和对未来的绝望？那，在后来，或者再后来，幸福是否依然到来？

❧ 假　如 ❧

　　总在安静下来的时分，我们不自觉开始想象"假如"，有假如过去的，也有假如未来的。

　　假如我回到了那年那天，会不会不一样？

　　假如那天月光没有那么美，会不会不一样？

　　假如那天没有下那场大雨，会不会不一样？

　　假如当初我挽留了你，会不会不一样？

　　假如当初我离开了你，会不会不一样？

　　假如当初我坚持下去了，会不会不一样？

　　假如当初我选择了另一条路，会不会不一样？

　　假如我未来拥有了……

　　假如我未来失去了……

　　于是，一丝悔意有意无意地在心头涌现，可惜没人打断你，你忍不住继续思考，直至无比后悔。"假如"越多，"遗憾"越多，想到无法改变的过去，情绪找不到出口，记忆来回浮现，快要爆炸。

　　这个时候，你要做的，就是先去洗一把脸，再出去走一走。但，下次静下来时，如果思想依然忍不住又出现"假如"，你可以告诉自己：其实不只是自己，每个人，我说的是每个人，都有过这样的烦恼。只是谁多一点，谁少一点。是谁总在"假如"？而谁又总在感恩？

我希望你记住一句自我暗示语，在遇到困境产生后悔情绪时，告诉自己："凡事都有两面性。"这确实是真理！说不定此刻和你相伴的人，正是某一次你以为的不幸所带来的偶遇；那个没赶上车坐在地上懊恼的人，没想到最后那趟车出事了。当然，这看似概率很小。但这也仅仅是你看得到的，你要知道，还有很多你看不到的另一面呢。

　　有人说，你永远是另一个人的比喻。你真实地活在 A 面，关于"假如"的 B 面，乐观的人认为 B 面是坏的，悲观的人认为 B 面是好的。而实际上，环境变化的因素太多，那都不过是我们一厢情愿地认为而已。你怎么会知道，在另一枚硬币上，你正身处 B 面，"假如"着 A 面。

　　我以为，你会一直爱我；

　　我以为，我会永远爱你；

　　我以为，我会获得更多；

　　我以为，我会变得不一样；

　　…………

　　有一天你明白了，"假如"变成事实后，你说："不过是'以为'。"你丰富的人生阅历让你既体会过 A 面，也走过 B 面，是我们追求的。但无论如何，有些事总无法绝对地说出哪一样更好或更坏，生命中发生的每一件事，都一定有它的意义。

　　如果有些事情无法改变，在上天的画布里它早已是安排好的，那不如索性感恩，珍惜每一刻。因为，在茫茫宇宙中，你注定是与众不同的那一个。

时间和等待

　　你说，你痛苦的根源在于不能改变，想要的东西不是努力就能够得到的。那就等待吧，等待记忆的消去，等待新的记忆产生，让后来的你忘记曾想要改变什么。其实，不用害怕记忆无法改变，它的悄悄变化，一定会让我们感到惊讶。如果新的记忆迟迟未到，不妨就主动一点，出去走走，来一场多年前约定的旅行。或者，做一件儿时就想做的事情。又或者，换一个环境，做一些改变。这些无关结果，反正，我们要的是不一样的记忆。

　　在一个满布星光的晚上，有一缕柳絮飘浮在空中，待它穿过山间，它竟忘记了所有，所有关于山另一边的往事。

　　患得患失、忐忑不安的人啊，我如此希望此刻的你有鱼一样的记忆。

群体心理学

有一天，你心情很不好，什么都不想做，做什么都心不在焉，不过好在你的家人、同事都能保持稳定的心情，认真做事，维持着生活和工作的正常运转。然后，哪天正好你们反过来，即心情和状态调转。这好像共振原理，在人类群体里，情绪相互抵消后总能维持一个平衡的状态。正是由于整体的情绪稳定，社会维持着正常运转与和谐发展。

尝试想象两个极端的情况：如果某段时间，我们全社会情绪同步，都是极度伤心或者极度兴奋，那社会很快就不能正常运作了；如果没有群体，每个人都有完全不一样甚至相反的个性和追求，那社会就难以管理，结果不可控了。

所以，群体有很多好处，内部形成适配环境的价值观后，个体受这个价值观的影响和制约，保持着群体的稳定。但群体又需要被管理和被指导，使其获得一个正确的方向。其实，群体在不同领域的划分下，还是带着浓厚的个性色彩和感情色彩的。

群体心理分析的用处很多，简单到一场年终晚会的抽奖方式和奖品分配；或者，对目标群体定向宣传一种产品。在心理学相关知识的应用中，需要考虑宣传的方式与步骤等。对目标群体有无进行心理分析，其结果可能差别很大。其实，心理分析在经济学中会经常被用到，比如股市。

每个群体总有自己的特征，如何管理这个群体，也取决于其目标。比如，要维持管理团队的稳定性，那事件决策者应该是群体，而不是个人；但如果这个群体的目标并不明确，而是追求创新或者突破，那做决策的应该是个人，而不是群体。因为群体本身就具备稳定性。

群体管理者，是在特定的时间和地点，能直接或者间接支配或者引导他人行为的人。广义来说，每个人可能都是群体管理者，只要你能影响他人。不过通俗来说，群体管理者是在社会关系中形成的，比如有决策权的官员以及老板、教师、媒体、歌手、演员、创作者等。

在你的管理或者影响下的人们感到快乐吗？你是否想过让他们变得更快乐、更幸福呢？

通常来说，管理一个群体有集权和分权两种方式。集权的好处是，一项决策能快速地被批准和执行，效率高。坏处是，集权容易产生偏离，一项决策可能只代表少数人的想法和欲望，并且容易变动、不长久。因此，集权下的环境变化快，让人应接不暇，个体容易产生疲惫感。如何平衡这两种方式，各取所长，就看群体管理者的智慧了。

群体管理者中，制度制定者和监管者最为重要。群体内大部分的抱怨和不满，几乎都可以通过这两个管理者解决，至少能做一些改进。

不少人知道，关于人的性格，有一个流行的性格色彩分析。通过回答问题计算得分，按照得分将性格划分为不同的色彩，并分析每种色彩的特点，以及如何管理此类人群，这是群体心理学应用于管理学的一种方法。单从个体的独立行为看，你会辩驳说没有某个特征，但放大到群体中，你就能发现这个特征了。这个群体可以大到国家，小到朋友圈，从不同的角度看，都会有一种特有的个性。

群体个性是可以进行深入分析的，所以群体心理学完全可以作为一门独立的学科。

首先是群体的定义，可以有多种划分。每个群体又有不同的心理特征，我们需要根据各自的管理要求去划分。从国家的高层面来说，在划分上要抓住主要矛盾的特征。

我们的传统观念很强，所以可以考虑从年代划分。按不同的年龄层划分不同的群体，比如年轻人、中年人、老年人；再看学习、工作的环境，可以按职业划分，比如小学生、大学生、蓝领、白领等；从性别上，可以分为男性和女性；再有一个重点的划分类别是地域划分。按照管理目标进行群体划分之后，我们可以综合分析，也可以独立分析，从而识别不同群体的观点、思想、需求。所以，国家管理、企业管理、市场营销、投资策略等，对群体的分析都很有必要。但是，目前社会群体的分析还未专业化，主要依赖于某类数据或者感觉下结论，而没有从专业的心理角度去分析。实际上，要进行专业的分析，最好具备以下几个要素：

一是成立专业的心理团队。团队成员有基本的心理学知识，拥有综合型的个性是最好的，即经历越多越好，当然不是一个人具备所有的经历，而是团队中需要有各种经历的人。但，一个团队始终需要一个统筹者，这个人具备综合的社会经历。

二是数据支撑。目前社会上不乏各种调研机构做的各种调查问卷，但一般问卷本身以及调查对象、调查场景都没经过分析就匆匆开展，导致结果偏差很大。所以，在调查前，先由专业的心理团队对调研方式、调研问题、调研场景、调研时间等进行分析，再做调查，之后结合统计学知识进行数据分析，这样会更合理。

三是进行心理分析。数据获取后，只是得到了一个基本模型，还需要对这个模式进行再分析。比如数据调查的环境因素影响、这个群体的成长或者形成过程、他们已有的心理特征、随着环境变化预计将来的心理特征等，有时经过再分析后甚至会推翻通过数据得到的初步结论。但是，目前的机构更多只是做数据分析，如果没有后期专业的心理团队介入，这个分析的结论并不是非常准确。

四是要实践验证。有了初步的结论后，还需要到群体中进行接近式的验证，验证可以对结论进行补充说明。比如，要管理一个城市的普通"蚁族"人群，想要知道他们的心理状况，从而实现更好的管理，避免群体产生极端行为。我们在前面的工作完成后，可以选择不同个性的团队成员融入最典型的"蚁族"成员中，去体验他们的生活。体验的方式主要是交谈和观察，并尽量做完全流程，比如体验租房、体验找工作、体验一天的生活等，而不是简单地体验其中一个片段。

五是结论应用。通过上面的分析得出群体心理结论，这个结论一般包括群体的兴趣爱好、性格、事业追求、人际关系、价值观、社会属性和自然属性程度、向往的生活方式、对待物质的态度、对待新事物的态度、将来的行为变化等。由于心理因素太多，我们很难做到全方面了解，因此可以在进行群体心理应用之前，先明确需要哪些方面的心理结论。

其实，不单是国家和社会团体，对于企业、学校等，在条件允许的情况下，很有必要组建一个专门的心理分析团队，其研究的对象不单可以是群体内部环境，也可以是外部环境。比如企业，心理团队可以结合数据和心理分析，告诉相关部门消费群体的习惯和趋势，找出宣传的最佳时间，领导在什么场合说什么话，以什么样的方式发布产品，价格如何组合，甚至不同产品的发布顺序等。可能有人说，这些不是营销岗位的工作吗？其实有很大的差别。因为心理的分析不单单是看数据、凭感觉，还需要具备不同群体的思维方式，洞察各个群体心理的变化趋势，并预测群体未来的心理和行为特征。

现在的心理机构，通常是通过聊天解决人们的心理问题。聊天的方式在年纪相对较小的人身上效果比较明显，但是对于一个成年人来说，复杂的心理问题不是聊天就能解决的。它的解决需要有制造环境的能力，包括体外环境和体内环境，进而影响这个人的内心世界和情绪。

当然，对于群体的心理分析可以无限延伸，但无法得出唯一的和最精确的结论，只能无限接近。所以，进行群体心理分析，要基于精确度的需求，决定是否对心理对象继续细分以及细分到何种程度，考虑投入的精力和时间。

我们可以改变群体的心理特征吗？当然可以。这个在其他文章里谈到过，通常有以下两种方式：

最直接的方式，是通过在你的水里、食物里或者空气里加上一些激素来改变。这个群体的身体激素被改变后，心理特征在该激素的刺激下会直接表现出来。但在实际应用中这个方式比较难实现，因为我们并不太清楚激素会激发怎样的情绪，或者能否维持稳定。

还有一种方式，是形成记忆的惯性思维。通过环境的影响，神经的直接刺激，影响某个群体的心理特征。这是我们最常用到的，通常采用的方式是视觉和听觉。比如在我们小时候，通过教育来灌输某种思想，再如新闻广告，不停地向这个群体灌输某种理念，让你形成一种思维。这些影响是隐性的，是群体自己经过分析和潜移默化后，逐渐形成的一种相对持久的特征。有些群体心理特征的形成更具隐蔽性。比如群体所处的社会环境很稳定，大家知道保持现在的工作方式，五年后能够买房，十年后可以买到桥头那片小菜地，或者有一天可以开个小店，可以周游世界。所以，即使一直循规蹈矩地工作和生活，群体里的个体也会产生梦想。这时，整个群体的心理特征是平静的，情绪是稳定的。

但是，如果经验总在告诉大家，社会环境无时无刻不在变化……到时发生严重的通货膨胀，政策规定不能买菜地了，菜地完全被开发商收编了……每个人所追求的东西总是不确定的，无法有一个稳定的理想，慢慢地，个体不再喜欢拟制长远计划。这个群体的心理特征就表现为不再有梦想，甚至浮躁不安，凡事总关注眼前利益，时而快乐，时而悲伤，喜怒哀乐捉摸不透，情绪波动大。

群体常常会引出一个叫"圈子"的东西，圈子是一些具有共同个性特征的人的组合。一个圈子里的人总有近似的话题，相互之间有心灵的共鸣，惺惺相惜。一个圈子里的人有过类似的经历、类似的职业，可能都是音乐爱好者，可能都是旅行爱好者，可能都做过主持人，可能都自主创业过，可能都环游过世界，可能都刚有小孩，可能一样有过第二次婚姻，可能一样还在寻找爱情。甚至，可能在同一个远方的小城生活过，一同经历过一样的故事……其实，两个相爱的人也是一个圈子。

当你有过不一样的人生经历，逛过了很多不同的圈子，便总是不缺乏话题的，只不过，后来的你却爱上了沉默。但是，只要一开口，你的睿智、幽默与魅力，便会迅速在空气中散发开来，让人沉迷。对于不在同一个圈子的人，你不必刻意认同或者融合，你们的生活本身就是两条平行线，偶尔相遇只管相视一笑就可以了。

时常变换圈子，总是需要勇气的。就像，在五六十岁时，你依然和年轻人一起疯狂。就像，有人混迹不同的场合，从事过完全不一样的工作，走过许多地方，遇见过形形色色的人，在不同的圈子生活过。你问："世界上哪有这样的人？"我想告诉你，其实很多，只是后来他们都平静了，平静到让人看不出一丝过往的痕迹。可是，世界太大，容易让人迷茫。

后来，有的人，他/她的圈子是一个小花园，有鸟有虫。

有的人，他/她的圈子是一个人。

我们不一样

　　我，就是我，我们的世界如此不同……在茫茫宇宙中，你注定是与众不同的那个。

　　就在这一刻……你温暖的家灯火通明，电视里播放的动画片欢乐有趣，厨房那头热气腾腾，飘出浓郁的香味，好不热闹……临冬的日子里，雨滴从瓦缝掉落，风带着寒冷吹来一种刺骨的孤独。天色渐暗，你抬头望去，世间一片灰茫茫，苍黄的天底下，一只鸟在天上孤独地飞过。

　　但愿，它有方向，孤独不过是你的一厢情愿。

　　我们的一生相差得太多了！他在山野中劳作，你在都市中忙碌；他在寺庙里修炼，你奔波于全世界；他在窗前诗情画意，你在桌上觥筹交错。还有，儿时的你，现在的你，将来的你。

　　此刻，或许你一个人背着行囊，正行走在地球的某处，留下一生无法磨灭的足迹。

　　在不同的环境下，我们有不同的个性，是如此的不同！就像某档辩论节目中所呈现的，每个人对一件事都有不同的观点。"这都是为了你好!"你的家人、上司、朋友真诚地说，其实"好"只是他们的定义，不是你的。因为，大多的结论和你的经历有关，和你所处的境况有关，反而和道理的关系不大。关于他人的观点，即使你似懂的样子，一旦出了这个环境，不用多久，你又坚信自己才是对的。是啊，没人走过你的路，怎会懂得你的选择、你的个性呢？

但幸福的感觉是差不多的，无论你富有或贫穷，无论你知名或平庸。我们在各自的世界里寻找幸福与快乐，你不懂我，我不懂你……除非，你总是惦记另一种人生，又没有足够的勇气去改变。

是的，若想体会不一样的人生，总是要付出一些代价、做一些改变的。但愿你是在"生活"，而不是在"活着"。

如果剖开一个满是记忆的大脑，你会发现，有些人适合做演说家，有些人适合做交际家，有些人适合做管理者，有些人适合做技术工，有些人适合做诗人，有些人适合胡思乱想，有些人适合什么都不做……每个人注定有不一样的人生。

走过很多地方后，发现在不同环境成长的不同群体所追求的东西总是有很大不同。欧洲国家的人，大多喜欢追求闲适的生活方式，当然，这种闲适不代表不工作，体现的是一种心境，他们开着一辆破旧的手动挡车，晒着阳光，就感觉很幸福。而更大的区别在于，这种个性不单体现在普通的个体，也深入群体管理者中。这也是即使年假很长，在欧洲也能被执行得很好的原因。

而在我们国家，小孩大多在压力中成长，被培养各种兴趣爱好，时刻处在竞争的环境中，追求一种闲适的生活甚至都会被认为是不好的想法。

在爱情方面，西方人重视的是陪伴，他们认为两个人相互陪伴比什么都重要。即便一方有更好的工作机会，但如果要用距离作为代价，大多数人也会放弃。他们也认为，如果没有了情感，即便结了婚也会分开。他们好像不在意别人的眼光，而更在乎的是自己的感受。

他们也不太喜欢去评论别人。人们在一起聊天，内容很少涉及别人的境况，除了问一些基本情况，不会问对方关于学习、工作和家庭的具体问题。他们聚在一起更喜欢聊聊好玩的东西，如新奇的文化、美丽的风景、有趣的经历。而我们常常好奇别人的工作和生活，或者在意别人怎么看自己，甚至有时候在做一个决定前，先想到的不是自己，而是别人的看法。

当然，这里谈的差异只是基于当前的社会形态，并不代表全部。而随着社会的发展，中西方文化的融合，一切都在慢慢改变，这些差异也在缩小。到了后来，不是我随了你，就是你随了我。还有，这里的差异并没有绝对的谁好谁坏，因为，所有人的目的总是一致的，就是追求属于自己的快乐，只有自己感受得到的快乐。

在管理方面，如果一个群体的欲望过多且强烈，表现出狂躁不安，那么，群体管理者应该做适当的引导，让群体平静下来；如果一个群体无欲无求，管理者也可以适当刺激一下。我始终觉得，过于极端都不是好事，平静一点，获得多一些思考的时间，并不是坏事。

对于人生的改变，我们总是需要勇气的。社会发展到今天，容易做的都做了，剩下的是只能勇敢尝试的事。但代价是必定的，有时引领者的牺牲甚至换不来一点曙光。你敢将全部身家押注去做一件完全不确定结果的事吗？你敢将你的小孩投入一门看似毫无前景的手艺吗？你敢开始一段孤独而未知的路程吗？你敢对已经没有爱情的婚姻说"结束"吗？你敢离开现在的高薪工作去做一件梦想已久的事吗？是的，可能你不敢，记忆的预期告诉你，这样做是没有好下场的，是不道德的，是不理智的。所以，你做不了先驱者，那就给那些做到的人鼓掌吧。或者，他们会引领出一个不一样的世界；或者，他们将永远消失在苍茫的天地中，无人问津。

如果还有梦，就追；如果还有爱，就坚持。然后，一定记住，无论何时何地都要优雅地活着。

激素与情绪
——爱情篇

爱情总有一种魔力，它甚至让你有了不一样的追求。比如连吃饭都变得文艺，你说，和谁吃比吃什么重要。在食欲外，还有一种更深的欲望在悄悄地告诉你它的存在。

眼前这个男生，他帅气的脸上带着阳光般的笑容，你的内心不自觉涌现一种淡淡的愉悦感，一种幸福的感觉，一种想和他牵手看日出日落的冲动。

为什么会这样？你的体内发生了什么变化？是怎样的一个精灵冒出来了？

这是爱情的激素，或许它是我们知道的为数不多的一种有具体名字的激素——多巴胺。这种激素会带给我们一种淡淡的幸福感，我们称之为爱情。但实际上，爱情里还伴有另一种激素，它和爱有着密不可分的关系，就是性激素。

关于多巴胺，这种激素其实一直暗藏在你的体内，时不时涌现。在你的一生中，它涌现出来，有时是因为这一个人，有时是因为那一个人。本质上，激素是由记忆粒子触动的，站在你面前的这个人刚好符合你的预期，记忆粒子游走在一个触动了有利激素的记忆网。于是，多巴胺就产生了。如果你不喜欢这个人，这种激素就很难产生。这时，维持在你们之间的就是其他因素了，比如责任感、承诺等。不过偶尔，维系关系的什么有利激素都没有（实际上只是不明显），纯粹是因为你的预期告诉你，你们分开后自己很难再找到一个这样的人了。

爱和性能分开吗？从物质的角度来看，当然可以，因为它们本身就是两种激素。现实中，这些不同的激素会纠缠你的一生。当然，美好的爱或许是你想到他/她便有幸福感。

还有一个有趣的话题是：你会因为感动而和一个人在一起吗？使你感动的又是另一种激素了。

其实，就像前面文章中说的，激素带来的情绪无法辩驳是好是坏，只有适不适合自己。因为，激素是由记忆粒子产生的，只和你的记忆有关，而每个人的记忆是不同的。但是，我们可以尝试换一种角度来看，即观察哪一种激素留存的时间比较长，因为有利激素是我们希望保持的。

如果是感动的激素保持的时间长，就找爱你的、给你感动的人。你得先评估，这种让你感动的行为是一时的还是持续的？如果是多巴胺停留的时间长，就选择你爱着的这个人。同样，你也要评估，这个人让你产生爱的点是否持久，比如你觉得他帅，那你要评估，他能帅多久。如果他现在天天应酬，抽烟熬夜，生活不健康，那你可以预计到，他的帅可能持续不了多长时间。

我们常常在确定恋爱关系之前分不清两者的关系。或许有人对你很好，某个行为让你感动，你们在一起了。如前面所说，感动是由于对方某个行为而形成的，外在原因很具体，而且会产生叠加比较，边际效应容易下降。但是，多巴胺是基于样貌、言行和性格产生的，是一个相对综合的过程。虽然也会变化，但是持续的时间通常比感动长一点，除非那是一个善变的人。但如果你已经验证了，对方让你感动的行为是经常性的、持续而稳定的，那感动是可以持久的，因为那是一种习惯了。所以，感动带来的爱，常常更具考验性。不过，两者是可以相互转换的，开始时因为感动，后来慢慢地产生了多巴胺；或者，开始是爱这个人的，后来也经常获得感动。至于能否转换，开始时是未知的，这个也需要自己评估了。又或许，在你不同的人生阶段，选择是不一样的。

其实，两个人相恋大多凭的是一时的感觉，或许在一场大雨中相遇，你们就毫无征兆地相恋了，根本没有这么多的分析。

不要小看行为的力量

请不要小看你的每个行为所产生的力量，你无意识地改变了很多事情的结果，甚至另一个人的命运。蝴蝶效应足以影响我们的人生，请尽量做一个积极、善良和美好的人。

我快记不清小时候在寄宿学校某晚头疼难眠的情形了，但我依然清楚记得，当时同寝的一个小男孩什么都没说，翻箱倒柜找到一瓶风油精递给我。我不敢肯定后来自己乐于助人的个性是否与他的这个举动有关，但我敢肯定那个小男孩早已忘记了这件事。

那个无名的歌手，他在安静的街道用心弹着一首曲子。他不知道，他感动了一个人……散发的音符，也浪漫了一座城。悄悄地，一个路过的人爱上了一个驻足的人……

生活要有仪式感。我一度认为西方人非常重视圣诞节，那一天肯定是热闹非凡的。当大雪开始纷飞，圣诞节来临时，周围的一切依然和往常一样，只是街上多了一些彩灯，我有些失望。但，偶然一个晚上，当我望着窗外雪景时，漆黑的远处突然闪亮着星光，原来是一栋小楼房的屋顶挂了一串彩灯，突然有了童话的色彩，让人感到无比温暖。我想，那应该是一个普通的家庭，一串彩灯成本不高，他们只是用一种传统而简单的行动去迎接这个节日。我不知道他们此刻是否有什么庆祝活动，还是平常的生活，但他们肯定没想到，这一串彩灯给一个远离家乡的人带来了温暖。

很多看似小的事情，只要是美好的，我们就要积极去做。你永远不知道改变了什么，这对于你而言，不正是一种神秘和惊喜吗？有人说自己个性柔和，是个善良的人，我明白现在的自己是怎么来的，是什么改变了自己。因为在遥远的过去，自己接受了很多美好的善待，而大脑又纯粹地记住这些善待，而将别人的"不好"遗忘了。当年那个懵懂的小孩，连一声"谢谢"都没说，却留下了一生的记忆。

而在意识层面，你可以改变很多事情，只是你还没这样做，你以为改变不了。讲个故事：有两个相似的普通家庭，父母每天都在辛苦工作，回到家里话总是不多，家里有种沉闷的气氛。故事延伸到将来，结局却不同：一个家庭的小孩长大后说自己的家庭记忆是不好的，另一个家庭的小孩长大后却说自己的家庭记忆是美好的。是什么改变了他们？还是，他们反过来改变了什么呢？假设在一个家庭中，母亲收工后，习惯在工地的旧书摊上买些书带回家，孩子会时不时跟家人说说书中的趣事，甚至鼓励家人。父母劳累一天后在饭桌上也喜欢听听故事和趣闻，于是这个家庭总有些美丽的音符飘荡。说这个故事是希望能给你一些启发，你的一个不经意的动作或者习惯或许正在改变着下一代，也在改变着自己。

在现实中，我们偶然也会高估自己的力量。你认为你对你的小孩、你的父母，或者对你的下属、你的朋友，通过促膝长谈、苦口婆心，或者某种激励手段，就能改变他们的态度或者观点。你也尝试通过不懈努力改变一个不喜欢你的人，让他/她喜欢你。但你发现这种努力并不总是有效，而且结果往往是，对方只是表面顺从你而已。前面也说到，当一个人的价值观或者自己的追求、态度、兴趣等社会意识已经形成时，如果这些社会意识和你要灌输的观念是吻合的，那你的语言或者行动会起到促进作用。否则，你简单的言语或者某些短暂的行为在当下产生不了多大的作用和影响。

请优雅地生活，你一直都是别人的风景，即便你就站在那不说话。

行业和职业

　　这里谈的行业和职业，不是从技术和市场角度分析，而是从人的心理分析，从群体心理角度来看的。

　　我们先分析"人的追求是无止境的"这句我们从小听到大的话。其实，在特定时间内的某一种事物上，人的追求是有止境的。比如，我住的房子是砖瓦房，现在我有一百万的经济能力，我会去买洋房，有了洋房我会立刻追求买别墅吗？不会，因为有洋房后，我首先想到的是有一台车，在住房追求这件事上，在这个时间段是有限的。而且，当你的物质水平达到更高阶段后，你又开始追求精神层面的东西，追求更休闲的生活方式，追求更多的快乐。人类群体在生存的过程中，对单一方面的追求（仅指生活品质，非对理想的追求）是有限的，即有一个临界点，超过临界点就会想去提升其他方面，达到一个平衡。但从整个人生来看，人的追求都是无限的，我们无时无刻不在比较，以获取更优的生存方式。

　　欧洲有不少小国家的电梯看上去很旧，人们似乎认为电梯能安全使用就行，不必追求智能和速度，他们宁可将钱花在一场旅行上。电梯公司也很无奈。电梯公司生意一直都是如此平淡吗？并不是，在当年发明电梯，即人类知道可以不用走楼梯的时候，是电梯公司繁荣的年代。另外，欧洲很多人还在开手动挡的汽车，也是类似的例子。

一个行业的繁荣期会发生在这个行业所对应产品的变革时期，或者某个事物被充分关注的时候，即这些产品或者事物对人类生活生产产生较大影响，预期能带来更大收益时。但这个现象的持续时间是有限的，因为这个变革带来的实际应用和收益是有限的，对人类生活的品质提升是有边际效应的。具体到行业，这个时期也是可以估量的，所有竞争性行业的命运都必将如此，存在繁荣期，只是有长有短而已。某些行业产生的变革次数较多，或者高收益的持续时间较长，特别是在一个新兴行业，变革和创新是经常会出现的，因此这个行业的繁荣期也会比较长。

从心理的角度来看，还有另一个原因，即人的疲劳感的存在。除了生活必需品，我们总是潜意识地在追求一些新鲜的事物。当一个事物持续被长时间关注后，如果有新的事物出现，我们很快就会抛弃原来的事物，最明显的是艺术类事物。比如某种审美观念、某种艺术追求，过一段时间便会被人们淡化，但很有趣的是，如果新事物不是质变的，在不久的将来又会发生转变，我们会再次喜欢当初被抛弃的东西，就像一个轮回。

因此，一件作品往往只是在一个阶段不被认可和理解，其在另一个时期，反而是被接受或者被吹捧的。甚至同一个笑话，有好笑的时候，也有无聊的时候。当激情不再，你在不经意间又有了另寻新欢的欲望。

对企业和个人来说，面对一个被冷落的事物，一是要有创新精神，持续地实现质变；二是要有等待的耐心，就像一年四季的更替，每个事物都有属于自己的春天。无论长短，下一个季节总会到来，引领新一轮的繁荣和风口。

背后的故事，正是人类生存和发展的基本方式。我们一直存在预期和比较，一直在制造欲望。每个人都是在比较中发展的，即使你看似无欲无求。所以，身为行业领导者，我们大可精雕细琢，透彻研究，一个事物在人们心中的态度，包括过去的、现在的、将来的。这对于管理层和决策层，无疑是很有帮助的。假如一个事物在群体中已经被遗忘，或者群体的比较心理变得不明确，你完全可以制造一个新事物，让比较的差异化再次显现出来。举个例子，一个人丢了一百块钱，他很伤心，但是如果他又丢了一千块钱，那他就会很快忘记刚刚丢了一百块钱，这时，假如他的预期还有更差的情形，那丢了一千块钱也不显得那么伤心了。这个道理完全可以放在定价策略上。比如某人觉得一样东西很贵，暂不考虑购买，但如果定价者让他/她意识到普遍都是更贵的，给他/她一个预期，给他/她一个比较，告诉他/她什么是更划算的，那他/她就会去选择了。当然，我们需要了解这个群体的预期是什么、比较的参照物是什么、新产品和新定价能给群体带来多少的兴奋感、购买的兴趣和欲望有多少。不过，哄抬物价是不道德的行为，你只是想办法提醒这个群体现在用的东西不是最好的，还有更好的。

那反过来，假如你被心理应用所诱导，应该如何面对呢？广告上说，销售人员也说，你的亲朋好友也在说，"这个美味的食物你要尝试，这间舒适的房子你要好好考虑，这个好玩的地方你一定要去，这台车子你值得拥有……"，是的，这些的确很好。你只记住了它们的好，忘记了付出。你当然要去争取了，但如果你已经很忙了，你的肉体和大脑很累了，就要选择忽略它们了，因为这些被挑拨出来的比较和欲望是无止境的。一个理智而聪明的人，是懂得如何衡量付出和收获的。

上面是简单的心理应用。在进行经济分析或者前景预测时，站在更高的管理层角度，除了通过数据分析，还有两个心理因素可以参考。

第一个是群体的心理趋势。就像有些发达国家或者贫穷国家，我们通过经济数据分析，可以得出各种发展快速或者缓慢的原因。但是，当你深入普通民众中，你会发现一个地方的经济发展情况，和他们群体的心理状态有着很大的关系。比如，某个集体，他们的个性特征是温和的，他们过得悠然自得，乐于以简单的方式生活，不通过攀比获得幸福，也不过于追求物质的最大化，那么，整体的经济水平会相对平稳。所以，我们在预测经济时，也要考虑群体在心理层面的变化。

如果有一天我们受到某种文化的影响，追求不同的生活态度，那社会整体的经济形态也会变得不同。当然，这种文化的渗透并不会快速显现，这个过程至少要按年代计算吧。

第二个是记忆带来的经济运行规律和行业发展的变化。当某种环境带来的情绪记忆随着时间被淡忘，相关行业可以重新推动产生新的情绪。比如，你炒股经历过几次失败，这个痛苦的记忆一直在脑海中，但是，慢慢地，当原来失败的情绪完全被遗忘后，在各种引诱下，你可能会再次尝试，行业也会重新发展。如果这代人留下的痛苦教训一直存在，这个行业的发展只能等到下一代人，依靠尚未有这个痛苦记忆的人重新开启了。

伴着行业的话题，我们再聊聊职业。我们偶尔会问，什么样的职业才是最适合自己的？其实，由于你的人生需求是变化的，除了薪酬，你有理想，还有其他的追求（比如家庭），只要当下这个职业给你带来的收益是符合当前要求的，即使有让你烦恼的另一面，也是适合的。每个行业都有快乐而专注的人。

不过，每个职业都在直接影响着我们每天的行为，长久的职业习惯甚至会改变你的个性。因此，不同职业下的群体，其行为和个性有着明显的区别。同时，职业对于个性的改变，通常在开始时会伴随着纠结，但在后来，在不知不觉中你便适应和习惯了。所谓不同职业，有时不过是一个习惯的过程。

除了直观的薪水，职业对心理带来的间接影响往往是不好预知的，也是无形的，常常被我们忽略，但这种潜移默化对你的人生影响更大。所以，不要忘记偶尔总结一下，停下来想一想，这个职业环境改变了你什么，或者会给你带来什么改变。这些都是你想要的吗？

我们的个性保留

你习惯了现在的生活和工作吗？

在最开始的时候，可能你怀着憧憬，可能怀着彷徨，来到了这里。然后，日子一天天过去，生活和工作变得游刃有余。但总在偶然间，有一点烦恼，有一点不甘，有一点改变的冲动，却又多了一分不舍、一分害怕，害怕无法适应改变后的环境，害怕折腾……随着年龄的增长，这种感觉越来越强烈。

当真的换了一个环境，情感变化不过是又开始一次循环。"这几年不见，你变了，不是以前那个你了"，有人这样评价。究竟，自己的个性是变了，还是一直没变？

到了这一步，你不妨先想想，在对生活或者工作的追求和态度上，现在的你和处在上一个环境中的你，是不是有所改变，或多或少。我们也许不曾想过改变自己的个性，或者产生过心理暗示，在内心提醒自己，应该坚持哪种心态，保留一种怎样的个性。

个性，通常是指我们的思维习惯及其表现出的和特定人群不一样的行为和情绪，在别人看来，就是你特有的东西。我们的个性是如何形成的？我们每个人为什么有如此大的差异？我们常说环境决定个性，这个说法当然是正确的，但是太泛了。

实际上，人的个性构成有四个不同的层次，从内到外依次为：第一层，记忆粒子和记忆；第二层，激素；第三层，神经组织；第四层，社会环境。每一层都可以影响和形成人的个性，而且外层都需要通过内层逐一传递实现。通常情况下，内层比外层更容易形成一个人的个性。比如，科技实现直接改变你的记忆，这是最内层，并且是最直接的；我用针管直接注射某种激素到你的体内（并且长时间保留在体内），你的个性也会很快发生改变。通过社会环境对个性的影响通常会慢一点。比如，某个人对你进行说教，这对一个人个性的形成影响不会很大，而且不稳定，除非花费大量精力，甚至一生。所以，你和别人的个性不同，是在各个层级的不同。

通常，深层次的个性是更难改变的，这些东西更具有根本性。比如体内的激素和神经组织，每个人都不同。当然，在你的成长过程中，各个层次都在发生细微的变化，所以人的个性从来就不是一成不变的。

但是，这几个层次又是相互作用的。比如一个地区的气候，会直接影响人的神经和激素，同时基于这种气候特征形成社会文化，每个人受到自然和社会环境的影响。再如当地的饮食习惯，除了直接影响人的神经和激素，同时形成了一种社会文化。在不同的环境下，每个人的个性自然就不同了。

我们的个性总是在变化，千万不要说：我永远喜欢什么样的人，我永远的爱好是什么，我永远喜欢某种类型的音乐，我永远只爱吃什么，我有个不变的习惯……诸如此类的话。说不定，某一天你自己都不知不觉地改变了。要是你坚持说你的个性没变化，我想那不过是时间问题。或者，某一层次在当前尚未发生改变，又或者已经改变了，只是你还未察觉到那细微的变化。在信息发达的现代社会，生活和工作环境在不断变化，接触的人和事每天都在变化，体内的激素也在不停变化，影响个性的每一层次的改变都比以往来得要更容易。

很多人尝试通过一些心理问题测试、图案说明或者其他形式，以寻找自己的个性，试图跳出来，看清现在的自己。在得出结论后，有人认为这种测试准确，也有人怀疑。其实，我们自己才是最了解自己的人，你需要参与到社会群体中，或者通过媒介了解群体个性后，才能找到一个评价自己的标准。但是，我们对自己的认识总会有局限性，你在某个群体中，你常打扫卫生，你擅长做饭，于是你认为自己是一个贤惠的人。但放到另一个群体中，使用不同或者更多的指标进行衡量，你可能又是一个懒惰的人。这个对比的参照物不同，你得出的结论也是不同的。

但我们依然想知道外界是如何评价自己的，自己的某方面个性放到社会里是怎么一个情况，好奇其他人怎么看待自己，以获得客观的意见。站在社会融合的角度来看，人们的这种好奇心理可以通过从外界获得直接评价，以了解自己，并且通过这套标准评价自身个性的好坏，然后慢慢调节和适配。这就是我们的个性有差别，但总体上趋同的原因。

从本质上看，物质世界的发展方向是多样化的。人类的性格也一样，我们因为环境的多样性，造就了思维的多样性，而表现出不同的个性。当外部环境或者体内环境产生变化时，我们的思想和行为也会不自觉地跟随着变化，准确来说是适应。

从社会属性来看，在某个特定的时期，个性是有好坏之分的。单从个体自身来看，好的个性应该是符合社会价值观的，对他人无害的，快乐的、自由的、积极向上的，并且是符合人体健康的，保持人体组织完整存在的。

在一个熟悉的环境，你被过度吹捧，过度自我定位，开始膨胀。你变得喜欢指使别人，习惯让别人听从于自己。你忘了当初那个谦卑的自己，你认为自己就该如此。这样的个性当然是不太好的。

个性变化的过程

在最初的时候，我们都是童真的、简单的、善良的，就像你现在看到的那个快乐的小孩一样。

人在长大后，当新环境和自己的性格不符合时，我们先是潜意识地抵触，表现得不开心，情绪低落。但是，当这种环境持续很久，又不断受到外界说教的影响时，慢慢地，你开始认为环境本来就该如此。这时，原来的思维习惯开始消失，重新形成新的思维习惯，从而表现出不同的个性。

在改变开始的时候，我们所产生的情绪通常被称作"迷失自我"。

新形成的个性如果是符合期望的，符合社会化道德标准的，我们的内心则是快乐的、高雅的，并且你已经享受其中，那这个改变是好的。但是，如果你始终对原来的个性念念不忘，对新环境抗拒，意志消沉，并且这个个性在社会被认定是不好的，那它对你来说是不值得的。比如，有一天你遇到了不如意的事，被人欺负，被人冲撞，甚至自尊心受到打击……于是你形成了一个潜意识，认为这个世界都是这样的，然后，放任自己变得冷漠，变得麻木，变得没有活力，慢慢变成自己也讨厌的模样。

谁都会遇到不如意的事，有些人坚守了内心的善良，有些人顺应了风向。其实，你从这件事中要学的只是经验，避免下次再出现类似的事件即可。但不要过分改变自己，不要被同化了。始终坚守内心那份善良、那份优雅，保持简单、美好，这样的人生是高贵的。你除了及时提醒自己最初的个性，还需要通过某些方式去协调，避免被这个环境同化，甚至选择离开……离开这个环境，这个地方，这个人，勇敢追回你想要的自己。

你到了一个新的工作环境，但这个环境非常沉闷，原来很活泼的你，变得脾气暴躁。这时或许你该思考，如果变成一个沉默、脾气暴躁的人，是不是自己想要的？如果不是，你需要时刻提醒自己，并且及时进行调整，比如下班后参加聚会，多看一些让你愉悦的书籍和电影，到一个安静的小酒馆坐一坐等。《肖申克的救赎》中的男主角就是一个例子，他时刻提醒自己别被同化了。当然，假设被同化后的个性是好的，是你想要的，那就勇敢去接受这个环境给你带来的改变吧。总之，在不停变化的环境中，你要偶尔停下来想一想，你想成为怎样的人。

不过，有些漂泊的人啊，注定是要变来变去的。

逃避，和个性保留正好相反，它是被刻意或者有意识地去改变和形成的态度。当你认为某一个痛苦的事实无法改变，认为这件事情的预期会带来负面情绪，这时你迫使自己关注另外一件事情，让自己改变为另外一种心态，这个过程我们经常称为"逃避"。不是所有的逃避都会影响个性保留，只有当这个心态变得稳定时，才可能改变你原来的个性。简单来说，就是你已经忘记了逃避的初衷，不知不觉形成了新的个性。

举个具体的例子，现实中，有些人受到情感打击或者对现状不满，为了转移自己的注意力，强迫自己去挑战或者接触一些新事物，但这个新事物并不符合他们原来的个性或者兴趣。因为长时间的接触，他们原来的个性或兴趣逐渐被改变了。到最后，那个打击他们的因素或者现状已经不复存在了，但新的个性却被保留了下来，而他们甚至都没有意识到这一点。所以，在你希望转移自己注意力或者逃避时，当意识到新环境不好时，就不要长时间接触，并且时刻提醒自己，这种转移注意力的方式是短暂的，当负面影响消除时，及时调整回原来的状态。

社会环境变化得越来越快，你常常自叹，怎么越来越多思想奇怪的人、行为不正常的人出现了。或许，你在别人的眼里也是与众不同的。

我们的个性注定是在改变的，因为你的个性本身就是从无到有的，但如果你希望在你的某个人生阶段开始变化得更少一些，你就尽量保持现状吧。保持一样的生活和工作环境，保持见一样的人，保持做一样的事，保持一颗不变的心。

话虽如此，来到这个新社会，我们更习惯于放任个性。很多人都会说："我哪有空管这些？它爱变不变！"只不过，这种变化，时而快乐、时而寂寞，撕裂的个性，慢慢让人有些累了。

只愿你，一直坚持你的善良，还有你的简单。

男生和女生

    你不会知道，那个对着你微笑的女生曾独自流过多少眼泪。她也不了解，一个男生的背后，隐藏着多少欲望。我们埋怨过对方不懂自己，却又离不开对方，日子来回拉扯，迂回前进。

    假如，有一碗孟婆汤，关于过去的故事，多数女生或许希望自己喝下，而男生却希望别人喝下。

    自然世界为了保持物种的延续性，创造了男生和女生及其不同的身体组织构造和体内激素。基于这些自然属性的不同，男生和女生扮演着不同的角色，表现出不同的行为和思维。比如，女生更容易情绪化，泪腺也相应发达。

    男生和女生的差异在人类社会形成过程中，逐渐被总结为不同的传统观念。即使来到当代社会，我们也总会受到这些传统观念的影响。比如，社会对女生和男生的要求和定位不同，在这种社会观念形成后，女生和男生的思维方式也不一致，对同一事物的看法自然不一样。

    男生总更善于追求欲望、表现欲望，并且生生不息，永不停止。就像他们最初对浪漫的定义，是在烟雨蒙蒙时，偶遇一位美丽的女子。她穿着一身长袍，撑着一把油纸伞，走过荷花长桥，在湖亭中吹弹一曲绿野仙踪……

    女生的情感通常隐藏得更深，她们不轻易爱上别人，一旦爱上了，往往奋不顾身。但好像总是缺乏一点安全感，男女相处的困扰也因此而生。

女生的梦想，在外看来要多一分平淡无奇。就像有一天你说希望做一名服装设计师，做一名花店店长，或者做一家咖啡店的主理人，有一个你可以专注一生的地方。可是，偶然内心对欲望和刺激的渴望，并不是旁人看得到的。

当然，上面的描述可能和你的理解有很大差距，你说我并非如此。因为，随着社会的高度融合，所有人接收的外界信息趋同，受传统观念的影响逐步下降，社会对女生的要求和定位也发生了变化。因此，女生表现的思维和观念与男生越来越接近。而身体组织构造和体内激素导致的思维差异也在逐步减小。因为，随着社会科技的发展，身体组织构造对环境的适应要求越来越低。比如，纯体力的高强度劳动越来越少，所以对性别的要求差别就不大了。于是，就剩下体内激素在苦苦支撑两者的不同了。

从本质上说，激素的差异才是男生和女生之间最大的差异。正是雄性和雌性激素，让男生和女生的情感有差别，令两者有着不同的思维方式。其实，在思维方式和处理事情的能力上，男生和女生已经拉近距离了。

不过，个体的差异还是比较明显的。因为男生和女生的成长环境和基因不同，所表现的差异化程度也不同。

所以，从来就没有必要在某件事情上要求对方的思想和观点完全和你一样，只要最浅显的观点达成一致就好了。经常对某些事情进行观点讨论并不是男生和女生之间最好的相处方式，只要生活目标一致，用心相处，享受在一起的时光，便是最好的。与其促膝谈论哲学里的人性真伪，倒不如聊聊这条从菜市场买回来的鱼是红烧还是清蒸。

你为什么觉得累

　　我们理解的累通常有三种：一种是肉体的疲劳；一种是大脑长时间思考；一种是负向的精神压力。累没有标准，只是一种感觉。第一种肉体的累我们很容易理解，也是最常见的，这种累的表现一般是肌肉酸痛，和情绪无关；第二种是记忆粒子的高速持续运转，但不触动情绪，比如你长时间思考，导致头晕或者困乏，也和情绪无关；第三种就是我们常说的负面情绪，它是通过记忆预期形成的，是对未来不好的预期结果形成的情绪反应。

　　前两种累通常不会直接影响情绪，而是间接性的（即需通过并取决于记忆预期，形成第三种累）。简单来说，做你喜欢的事情，在追求梦想的路上，你不会觉得累。这时，前两种累不会形成第三种累，反而预期触发了有利激素，呈现出幸福的样子。举个例子，你的工作让你的身体觉得很累了，但预期可以达到你的梦想，你是快乐的。好比减肥是你的目标，你在挥洒着汗水做一项运动，同样是快乐的。但是，如果汗水让你看不到希望，你会转而产生情绪上的累。这时，肉体上累的感觉也加倍了。

　　假如你的累是由于对物质的追求而引起的，我们不妨追问，究竟为什么你觉得必须赚更多的钱，而无论是否喜欢这份工作，无论身体是否撑得住。可能，你想通过金钱改变生活，或者只是将工作当作未来的一个保险；可能，你的社交对象激发了你的比较心理，或者你只是在顺应父母对于成功的要求。那么，为什么你会和你的社交对象比较呢？为什么你的父母将金钱贴上了"成功"的标签呢？可能，你从小就被教育和其他人竞争，读书时比较的是分数，到了社会就是物质了，和别人比较，已经是你的一种习惯。而父母那一代，由于经历了贫穷困苦，认为幸福是离不开物质的。当然，问答还可以继续……而时间有限，到此，我们来看一下如何解决这种"累"。最重要的是，需要老师和家长的改变，希望他们能认识到，培养一个人快乐的能力是很重要的，而快乐的源泉不仅仅是物质。随着人类和社会的不断进步，老师和家长对于幸福的理解，相信会变得更加理性。

欧洲人普遍有一个共识，认为心灵是要被呵护的。他们不习惯在众人面前批评甚至羞辱一个人，无论是孩童还是成年人，也不善于用激将法，无论出发点是希望对方变得更好还是情绪发泄。而在我们的传统观念中，心智是要被磨炼和激发的，我们真的太累了。

我们还有太多的欲望、太多的比较，时常在张望别人的生活。自己活得不甘心，却没改变的勇气。正是某些比较的预期结果不好而产生了负面情绪，导致累的感觉。

有时，我们的累在于我们太聪明了，我们精通心计，揣摩别人的一言一行。

有时，我们肩负了太多责任、太多压力，甚至找了一句聊以自慰的话，"压力就是动力"。其实，责任与否并不是"1"和"0"的关系，而是可以在中间协调和平衡的。

你我何不简单一点，再简单一点！

当然，人生要怎么过，没有固定模式，所以才有百味人生。但是，人总是受环境影响的，不知不觉中，大脑产生了新的预期，疲于追求。哲学语言里，你便已不是原来的你，迷失了自己。当然，新的预期带给你的行为过程是好的，是积极的情绪，那就继续奋斗吧！累并快乐着。

激进的想法

世界以不同的形式存在，由人类记忆构成的哲学世界只是其中一种。

我们常见的每种动物都有自己的世界。从大的类别来看，动物界以记忆为出发点去认知世界，并依靠记忆生存。但是，除了动物界的这种认知世界的形式，也会存在其他的形式。比如植物界的形式、细菌界的形式等。它们对外界的认知、存在的方式和意义都与记忆的形式不同。它们依赖和存在的根本形式不是记忆，而是以不同于哲学世界的方式存在，有着相互依存的某种存在模式，并以自己的方式了解和改变着其他形式的世界。或者，在它们的眼里，人类也不过是由细胞构成的某种形式的存在。

人类和生物是通过比较的模式进化的，而其他的物质也一定存在某个模式在推动演进和变化，而那种模式是我们还不能理解的。

在浩瀚的星海，我们实在太渺小了。是谁创造了地球环境，创造了人类大脑？在另一个世界的眼里，我们不过是一种工具，甚至一个游戏角色。而另一个世界的强大的能力非我们能够认知和理解，就像在蚂蚁的眼里，我们是神一样。

说不定，那是深夜两点出现的一个小精灵。

❧ 如何看待他人 ❧

　　我们一生中会接触很多不同的人，我们依据自己的人生经历和喜好，有意无意地对他人做出评价。说这个人好，说那个人坏。但我们都知道，人有着复杂的特性，我们的评价都是正确的吗？是否要更谨慎一些？

　　基于社会属性的特征，在自我保护和学习意识的牵引下，我们总会对某些人进行评价。也许你看到这些文字时，也好奇我是一个什么样的人。其实，在这个遥远他乡的深夜里，我更好奇，此刻留意这些文字的你是一个什么样的人。

　　你窃窃私语，说有一个你熟悉的人，做了一个你认为显而易见的错误决定，你断定他/她捡了芝麻丢了西瓜，为他/她感到惋惜。其实，究竟是芝麻还是西瓜，不过是在你看来而已。

　　在你下了结论后，是否想过你对这个人的评价正确吗？是简单或是缜密？通常你会直接回答，"我的结论是正确的"。你认为有足够支撑的证据，并且是通过换位思考得出的评价。这确实是一个很好的办法，这比单纯地看结果或者道听途说客观许多。

　　那这样得出的判断正确吗？比如，小明天天去买彩票，却从来没中过奖，别人都笑他太天真，而他只是一言不发。直至有一天，他开心地迎娶了卖彩票的女生，你恍然大悟。再如，你说那个没有让座给老年人的女生不懂礼貌，你不知道她今天刚好生病，或不知道她今天刚得知了一个悲伤欲绝的消息；你在街上碰到暗恋的女生挽着一个男生的手，伤心万分，后来才知道那是她的家人……

我想，类似这样的误解在你的一生中会发生无数次，甚至直至现在，你都不知道是自己错了。因为，你掌握的信息太有限了。而评价一个人比误解的情况更复杂，我们常常有认知偏差，这在统计学或者概率学中也是经常被谈到的。

而我们评价的对象，本身就令人难以捉摸。现代社会越来越进步，环境不停在变化，每个人都在持续地创造新的记忆。于是，我们总在改变。今天的你已经不是昨天的你，你对自己的个性都难以准确下结论，更何况对别人呢？小强今天离职了，说要回归家庭。我们都不解，那是多少人梦寐以求的一份工作啊！可你怎么知道他多么恐惧那种背井离乡的孤独感？他对家庭生活的渴望比我们所有人都强烈。你我内心深处的欲望是会变化的，长大后的我们不再简单，那些最深处的欲望是别人看不到的，它被藏得太深了。而且，每个人都有着多重性格，在不同的时间、不同的环境，我们所表现的个性是不一样的，有时甚至是相反的。哦，偶尔还有自我掩饰和伪装的情况。

而你，作为评价者，也在变。你如何评价一个人和你当时所处的环境有关，和你当时的心情有关。而随时变化的思维，可能你自己都没有察觉。年轻时你很讨厌的某一种人，到后来你发现你不讨厌了，或者喜欢了，甚至你自己成了那样的人。

这时，你会不耐烦地说："我也没那么多精力去研究一个人，再给出评价。"是的，这正是我希望你说出来的话。

你不过是为了一种消遣。那请先暗示自己这个前提，否则你认真的样子，容易误导别人。

所以，要得到最准确的评价是很困难的，那是否要投入更多的精力呢？这需要看这个评价的重要性了。你因为某种需要，比如工作和爱情，这个评价的结果和你息息相关，关乎自己的切身利益，那确实需要认真去评价。那怎样做到呢？简单点的话，凭借你自己的观察就好了，或者参考和这个人有过长期相处的其他人对其的评价。如果要更准确，还需要在各种不同的环境下、在不同的情绪下对其进行了解。具体操作上，可以进行性格测试，可以在预期相处的环境中接触，模拟和这个人的相处方式。比如工作试用期、一起生活等。因为，无论这个人如何掩饰，在更长的日子里，总在某些瞬间原形毕露。

但，即使再深入，正如前面说的，我们也永远无法准确地评价一个人，只能有一个相对性的了解。就像有些人和爱人相处很多年后，才慢慢发现对方和当初相识时是如此的不一样。

白天我在家人、朋友、同事面前"运筹帷幄"，举止优雅、谈笑风生。但，谁知道我的内心藏了一个奇怪的梦想精灵呢？它偶尔出现。即使出现，又有谁能看见呢？

那个勤奋且安分守己的人，有一天却选择了流浪，消失在你我的世界。不要惊叹，因为你从来就不了解其内心深处的欲望与挣扎。

所以，如果你预期不会和某个人增进关系，建议不要轻易对其个性下结论。因为真实的他/她很可能和你想的不一样，甚至正好相反。那样的结论没有太多意义，除非你只是为了打破这种沉寂的气氛，找一个聊天话题而已。事后，别忘了笑着补充一句，"他/她可能不是这样的"。

心，不再有任何张狂；心，不再有任何慌乱。

有时，你猜透了一个人隐藏的心思，有些得意地大声说出来，其实这毫无意义，要"看破不说破"。

你在欺骗你自己

　　我们的一生总在评价，除了评价他人外，我们通常还会对某些事件做出评价。

　　对事件的评价容易遭遇欺骗，从而影响评价的客观性。而这种欺骗可能不是别人刻意隐藏或者歪曲的，而是你自己在欺骗自己，这是可以尽量避免的。这里的目的不过是希望你我可以更客观地去评价一件事情、一种事物，尽量降低自我欺骗的程度。

　　有几种常见的自我欺骗方式：

　　第一，情绪的欺骗。

　　我们每个人都有自己的喜好，如听别人说话，总是更喜欢选取自己喜欢的内容来听，喜欢积极的事情。有人向你汇报，今年完成了目标的98%，你听到会高兴，如果一上来就直接说今年还有2%的目标没完成，相对来说，你可能更容易接受前者的汇报方式；有个救人方案说有80%的生还希望，你可能会同意这个方案，但如果对方说有20%的死亡可能，你会紧张与慌乱，而这个瞬间的情绪导致你可能拒绝这个方案；商家门口的广告说，可以续杯，虽提供的是小杯子，你可能也愿意光顾，但如果商家改用大杯子，且说明不能续杯，效果就可能没有前面的好了。再比如，你上网购买某个商品，你更喜欢听到降价而不是涨价，甚至你从未关注过商品本身的价格；你看到一个帅哥或美女，关于他或她是不是一个好人，容易从外表上下结论，其实这两者并没有绝对关系；你走在这一条像极了家乡的小道路，觉得温馨无比，甚至半夜行走也不觉得害怕，于是放松警惕，其实它和其他道路的危险程度并无两样。

第二，统计的欺骗。

比如，今天你在某个网站看到一则新闻，下面有好几千条评论都是反对决策层的这个提案的，几乎下拉不到尽头。于是，你迅速得出一个结论，大部分人都是反对这个提案的，这个提案是不好的。其实，从统计学的角度来看，这不过是几千条评论，这个样本量实在太少了。而重点是，你未曾统计，上这个网站的人可能是特定的一类群体，正好这个群体是反对这个提案的，而大部分赞成这个提案的人根本没怎么上这个网站。又或者，大多数赞成这个提案的人，因为提案带来的受益程度相对较小，影响不大，也就懒得回复评论了，这种现象也叫作"幸存者偏差"。又如，你看到一些外国人对中国人不友好的评论，就下结论说这个国家对中国不友好，表现出愤怒。其实你不知道这个国家有好几千万人，发表不好言论的不过几十人，而其他大部分都是对我们很友好的人，只是你看不到，也没有被报道而已。再如，近来发生了几起飞机事故，于是你得出坐飞机风险大的结论，甚至害怕坐飞机，可你知道一天有多少架飞机在天上飞吗？你近来看到好多人中了大奖，于是觉得中奖很容易，幻想一夜暴富。还有太多类似的例子，是关于我们急着下结论的。

其实，主要的问题在于统计的样本量和概率。一是你的样本量太少了，你没有从整体去看，没有看到你所评价的样本量占整个体量的多少；二是概率事件，你并没有用概率去看待一件事情，其实发生这个事件的概率很小，只是你自己将它刻意放大了。

第三，认知能力的欺骗。

要避免认知能力的欺骗，要求我们时刻学习，更新我们的大脑知识库。比如，我介绍自己说，我来自内蒙古，你可能马上会问我是不是会骑马，脑海浮现我住在蒙古包的情景。其实，你的大脑还停留在小时候课本上对内蒙古的介绍，你没有重新去了解这个地方，你没有出去走一走、看一看，不知道内蒙古其实大部分的人都是定居的，不会骑马。还有，当我提到某个国家，提到某个城市，你会即刻想到那里的人文环境。或许你不知道，那些是很久以前的事情了，现在早就不是这样的了。你总在凭一些老旧的记忆评价现在的事情，你甚至信誓旦旦，以为自己的评价是正确而有理的。还有一种现象，叫作"孕妇效应"，也会产生认知偏差。就是当你怀孕了，你会觉得周围有很多怀孕的人，这是因为你关注了，而事实上一直以来都是这样。

所以，要更客观地评价一件事情，总结来说要注意以下几个方面：首先，要跳出自己的情绪。你先想想，自己是不是容易被某种情绪左右？在评价这件事情上，自己是否有明显的某个结论偏好？你要站在第三者的角度评价，再下结论。其次，尽量从统计学和概率学的角度看问题，用数据说话，即这个事情发生的次数在整个群体里占多少。同时，验证的样本量也不能太少，因为这样的随机性太强。最后，定期更新大脑的记忆，持续地读书学习，接受新的知识，多接触一些比自己年轻的人，多出去走一走，因为这个世界的所有事物都是在变化着的。

当然，我们要有自己的主见，不要太容易被别人煽动情绪。这个世界上的人都已经变得越来越聪明了，聪明到可以动用一些社交媒体，引用一些故事，去撩动你的情绪，引起你的同情心，激起你的愤怒，最终引导你的行为。总而言之，不要陷入对方设好的圈套。

这是个信息爆炸的时代，每个人都能轻易成为"老师"或

"专家"，我们从中获取有用的知识，是很好的。但是，对于引导性的信息，如评判某件事或评价某个人，应考虑其是否客观、片面，多加一些你个人的判断。

这是个信息爆炸的时代，我们可以汲取广泛知识，但是，对于引导性的信息，我们要以审慎的态度来面对。比如，对于某个人或某件事的相关评价，我们要带着疑问多想一步，评价说得是否客观？是否仅凭个人经验、带有个人情绪？对此，我们要有自己的判断。

万一，你得出了错误的结论，可能是你的大脑在偷懒，它已经够累了，依赖着已有的惯性思维便得出了结论。我们可能过于自信，认为自己有足够的学识和洞察能力。有时，我们越关注一件事，就越觉得它会发生。其实它的概率并没有变化，只不过是你关注了它而已。如果这个错误的结论不会影响你什么，也没有关系，其不过是你茶余饭后的谈资而已。

但是，如果你想作为一名智者，希望能引导和影响别人，那尽量做出客观的评价还是很重要的。其中的选择就由你自己来权衡了。

✿✿情感的传递✿✿

　　你消失在远方，在我的大脑中关于你的情感记忆也快消失了，你再不出现的话，于我而言，你就和陌生人一样了。你发着冰冷的信息，让我照顾好自己，多喝热水，连语气词都没有。我感受不了温度的传递，空气正变得冰冷。

　　你在电话那头说着甜蜜的话，可是我看不到你的表情，无法确定你的真情实意，以及你欢喜的程度，我开始犹豫了。

　　我见着你了，可你那个转瞬即逝的不自然的表情，让我在心里在想：你是做了坏事吗？你是不耐烦了吗？

　　如果我们要对一个人的情感进行深入了解，想窥探他/她的内心情绪，总是需要更多的信息的。有时，文字比不上声音，声音比不上眼睛，眼睛比不上触碰。虽然传递信息主要依靠的是声音，但这已经不够了。我们的确越来越聪明了，我们懂得解读细微的肢体语言，肢体语言更让人觉得真实。这就是微表情，而表情是最让人信服的。你说晚上要吃烤鸭，你嘴角微微上扬，有一点微笑的味道，我猜想你晚上可能有一个快乐的聚会，又可能和爱人共度晚餐。可是你有点沉着脸，我猜可能那是一顿离别的晚餐，可能是悲伤的预兆。

　　你说爱我，可是面无表情，叫我如何相信你呢？我靠在你的胸口，你的心跳在加速，你吻我的双唇，你就是什么都不说，我也是懂得你的心思的。

所以，面对一个人，不要只记得对方的声音，还要记得他/她的表情，通常微表情是有感而发的，不好伪装。你的脸上洋溢着幸福的笑容，我分明是可以感受到的。

　　其实，你要传递的情感，在不知不觉中早就告诉别人了。

　　"有些话，是要当面说的，那样，我才有办法更坚定我的想法。"那个徘徊在分手边缘的人说。

最后的归宿

　　你的嘴里开始无意识地总唠叨那几句话，每天习惯搬一张凳子坐在门前台阶，等待一个丢失的记忆。到了最后，才意识到我们的生活好像变得重复。我们老了。

　　生活成为一件顺其自然的事情，你越来越只关注眼前的环境。你的记忆粒子已经不再到处游走，不再善于将各种记忆串联，思维不再活跃，不再有太多奇思妙想，甚至对未知充满了恐惧。那些青春年少的时光，充满天马行空的思想，那些激情，那些好奇心，都越来越少了。

　　随着时间的流逝，我们的容颜在变化，记忆在衰退，记忆粒子也在变老，大脑记录的能力开始下降。

　　随着年龄的增长，我们的记忆开始变得模糊，激素也不容易被激发。由于细胞的老化，记忆粒子越来越难记录新的痕迹，慢慢地，只有几个一生中最深刻的痕迹和轨迹还存在。所以，你记得的事情变得单一化，形成的思维定式和习惯还存在。比如每天习惯做什么，只能想起某件深刻的往事，因为它们是过去记忆不断重复和刷新形成的。

　　记忆走向归宿的过程，其实就是记忆粒子成长和变老的过程。从开始时的懵懂无知，到活跃，再到疲惫。就像我们的童年一无所知，慢慢开始填满记忆，然后记忆相互作用产生思维，我们的大脑充满能量，我们敢冒险、爱拼搏。后来步入中年，生活的方向固定，想着一样的事情，做着一样的事情，偶尔回忆羞涩的青春、恋爱的美好，感受孩子带来的幸福。再后来，我们开始步履蹒跚，思维固定，行为日复一日，回忆逐渐成为我们永远的财富。

现在，因为思维不活跃，你的判断能力下降，所以新环境对你的影响更大。你看到什么很容易就相信是什么，你更容易被"欺骗"，自相矛盾的言行也越来越多。不过，这些新记忆总是一闪而过，能留下的越来越少，今天说过的事情，也许到明天你就忘记了。就好像面对年迈的父母，今天好不容易苦口婆心说服了他们，但或许过几天，他们又会重蹈覆辙，我们得再说一次。到了人生的后半阶段，能回忆的事件开始变少，它们在逐渐消逝，只有小部分深刻的记忆被频繁记起，始终保留在心底。可惜的是，记忆会越来越少，到生命的最后，一生剩下的记忆也只会是一点了。

当然，每个人的衰老过程会有不同，有快有慢。而通常男性记忆粒子的活跃期更长，也就是说，即使是一位中老年男性，他的思维也还在随时变化，个人想法也多。但，因为记忆粒子的消耗多，心脏和其他机能组织承受得更多，间接影响了这位男性的寿命；而女性则相反，记忆思维过了中年后，很快就会稳定，且受外部环境的影响加大，行为会随环境变化做出直接的反应，而自我意识或者欲望更少，寿命则可能长一点。

到了最后，我们回到了最初。小时候喜欢被哄，有一颗糖就能很开心，没想到在暮年之际，同样用一颗糖就能逗我们开心。原来我们一生的各种追求和理想，像是一个轮回。如同你在操场上跑步，一圈又一圈，回到了原点。不过，看似又站在同一个地方，但你的记忆有着完全不同的东西，每一圈你遇到的酸甜苦辣，都是值得的。在最后，你会懂得，所有的相遇和际遇，都是有意义的。不管记忆是否还存在，在闭上眼睛那一刻，只要它跑了出来，就都是幸福的。

到了岁月的尽头，除了那份美好而温馨的回忆，你什么都带不走。从此，纷纷扰扰的世界便再与你无关。

如果有一天即将离去，我要握紧一只温暖的手，然后望向很蓝的天、很白的云，它们很安静，有风吹过，就温暖地追随。

茫茫宇宙，浩瀚星空，后来，我们都在哪里呢？

美好的记忆

　　春天悄悄到来了，万物苏醒！在清晨露水的浇灌下，泥土变得湿润，好安静的早上呀！仿佛听见屋后的竹牙在悄悄说话，它暗暗地在等一个小男孩醒来。小男孩来到它身边，总是高兴地说："长得真快呀！"但它又担心，他说的可能是一旁他种的小太阳花……不过算了，他好像又跑去捕捉草丛上的飞虫了。

　　这是一个很久远的，久远到快要消失的记忆。

　　你有想过吗？对你来说，最遥远的记忆是什么？你尝试去寻找大脑最深处的记忆，是一个学走路的瞬间，是某个人的模样，还是某个碎片情景？我们通常不会刻意回忆，但有些记忆你是否就这样错过了呢？因为从来没有被激活，它们在你的脑海逐渐地永远消逝了。

　　我们的记忆很奇怪，如果能偶尔被激活一下，那它存活的时间会加倍，如果有规律地被激活，那在你的一生中，它都不会被遗忘。比如，你现在回想一年前和某个人在一起的场景……重新激活这个记忆，那两年后你也能清晰地记起，到那时记忆如果再被刷新，那么在下个五年甚至十年，这个场景你依然会记得，甚至下半辈子都不会忘记了，直至你随风飘去的那一刻。

　　所以，那些简单的生活，简单到好像没有忧愁的过去，就别轻易让它跑掉了。

　　也许，是那个慵懒的下午，梦幻般蓝色的天，你坐在干净明亮的教室，却总张望外面的精彩。

也许，是在那场球赛结束后，你满头大汗，躺在操场上感受晚风的清凉。

也许，是那次你抬头望着星空，感受着海风的清凉，和某个人聊到了很晚。

也许，是那天你羞涩地触碰了他/她的手指尖。

也许，是孩子充满天真的笑容，口中喊着"爸爸妈妈"朝你跑过来。

也许，是晚饭时分，你望着窗外一排排温暖的路灯，父母在一旁提醒你要专心吃饭。

…………

有些记忆，曾经那么美好，千万别弄丢了。生活其实可以很简单，最后不过是一生记忆的堆积。只是偶尔环境带给你困扰，甚至不知不觉改变了你，让你陷进去，忘记走出来。你只需停下来，抓住那些快要消逝的美好记忆，你会不自觉地发现，原来幸福可以这么简单。

可是我们应付的事情总是太多，在柴米油盐的生活中，在竞争激烈的工作环境中，那些美好早被抛在九霄云外了。因此，环境的引导很重要。就在此刻，你可以尝试再走一次充满回忆的街道，听一首过去的歌曲，看一看旧照片，有足够勇气的话，再淋一场大雨，又或者简单一点，抬头望一望似曾相识的蓝天和星空。

该问问自己了，有多久没有听着小鸟的叫声，在洒满阳光的清晨，带着慵懒的情绪，从熟悉又柔软的床上醒来。睡眼惺忪，沉迷在阳光的味道里，静静聆听路过窗台的风……

对我而言，当熟悉的音乐传来，总会想起一些更遥远的日子：秋天，沿着小河边的小路，闻着稻谷的味道，哼着《乡间的小路》一路走到学校。等放学回到家，家门的大树前总是落了一地的叶子。夜晚，在窗前明亮的台灯下，低头专心地写着作业，蟋蟀的叫声清澈而明亮，风轻轻地吹过一遍又一遍，月亮在好奇那个小孩为什么不睡觉。

周六的下午，邻家的小伙伴又到窗外大声喊："出来到河里去捞鱼啦……"此刻，小太阳花开得鲜艳，霞光洒在桌面，刚打开的课本被柔和的风翻开，只剩下窗户的吱吱声。

除了偶尔的思念，我未曾想过远方。山的那边，隐约闪烁的灯光，已然很远很远了。

很久以后，我发现，家乡留给我们的美好，从来就不是高楼与大厦，它们也许不过是大人们的欲望罢了。

日升又日落，这些记忆，在离家那天，伴随父亲和母亲站在村口期待又不舍的目光，渐渐远去了。

七月到来，刺眼的阳光从树叶的缝隙钻出来，我喜欢逛校园，看到学生们在操场上运动，便想起了美好的校园时光。那个充满阳光的夏天，是那些日子的全部回忆了。

在每一个阳光灿烂的日子，伴着上课铃跑进教室。在离别前的那个晚上，一帮小伙伴坐在安静的校园路边，聊到了很晚……当然，还有那个散发淡淡书香却让人快要睡着的图书馆。那还是一个多愁善感的年纪，翻出那时的博客，每个故事都是叙事式的心情表达。

毕业离校那一天，夏天的雨还没有停，拖着收拾好的行李箱，回头用力看了一眼宿舍的门牌号，只为了记住发生在这里的所有故事。这次关上门后，一些单纯美好的日子，一段有青春的日记，便再也回不去了。

我害怕离别……

很喜欢坐公交车的时候，
阳光从两旁道路的树荫缝隙中打下来，
车子一开动，
满车都是斑驳的光影，
还有窗外树叶被风吹动的簌簌声，
恍然间以为自己是在去中学的路上，
老师说要抽背的课文还没背。

美好的记忆是宝贵的，偶尔找机会激活吧，这是我们获得快乐的最简单的方式。生活不断向前，一些美好的回忆，总会让你多一些力量。在以后很长的道路里，不会迷失方向，不会绝望倒下，你也因此一直善良、平静。

嘿，等一等吧！你在哪里？蓝色的窗帘后藏着的童话故事……

多年后，一个冬日的尾声，窗外远处的那条公路，无论在月光下还是大雪纷飞中，都显得宁静和温馨……透过玻璃窗望过去，总会感受到一分似曾相识的浪漫。

是否，当雨水、白云、星空、晚风都被赋予了情感，一个人的修炼才算结束。

于是哼起了歌："日子好像还在，你到底来不来？又好像无所谓，只要清晨的阳光还在。呜，爱情好像没有来过，那是谁的错……"

美好之余，还有太多有趣的经历。难得一个长假，在一个久未见面的老朋友的盛情邀请下，我来到了一个小城市游玩，却发现是一个传销窝点，经历了内心的紧张与彷徨，凭借着高超的演技，假装着依依不舍，在夜里冒着大雨跑上一趟回家的绿皮火车。印象中，火车缓慢行走在铁轨上，半夜的闪电很清晰，我激动得要唱出来了。在现在看来，这些竟成了很有趣的经历。

事到如今，已经懂得：有一些事，有一些情，有一些遗憾，有一些历险，都是美好的。就像，有一个曾经让你感动和失眠的人。

在日子的流逝中，回忆开始越来越朦胧，却始终美好，让你突然在某个时刻，不经意陷入其中，脸上带着旁人看不懂的微笑。

长大以后

　　什么是长大呢？小雨淅沥的深夜，你在路上走着，突然听到路边的房子里传来低沉的哭泣声，你不再如同过去，害怕地躲起来，而是深深同情这个孤独无助的人。于是，你开始感慨生活的无奈、情感的迷茫，也希望这个不曾谋面的人能坚强起来，要相信冷雨过后，是那片蓝得让人陶醉的天空。

　　什么是长大呢？你一定走过很多路，泥泞的、艰辛的、孤单的、疯狂的、浪漫的、美好的……后来的每一天依然带着希望和憧憬，依然容易感动。你认真对待每一件正在做的事情，处事不惊，优雅而稳重。面对生活，你依然带着年轻的态度，有着各种奇思妙想，像一个心怀美好的活力少年。

　　愿你，出走多年，归来仍是少年。

　　可是，你清楚地记得那是春暖花开的一天，暗自许愿，不再长大。

阿文的哲学世界

在阿文的哲学世界，我猜想他无非希望告诉你我，在23℃的房间里，你可以洋溢幸福的记忆，因为你在40℃的骄阳下焦灼过，在 –20℃的寒风中冰冻过。所以，他将生活过成了一部自己编导的武侠小说，用不一样的经历将记忆填满，然后雕刻成一件艺术品，以便在很后来的一天不留遗憾地离去。或者，单纯到，只为所有的过去有一个容身之处。

这一段青春，偶尔浪漫美好，偶尔疯狂刺激，偶尔疲惫不堪，偶尔孤独不已……我想，窗外缠绵的春雨下的时间如果足够长，故事是可以讲上一整天的。

拼搏的日子

　　我们每一个人，总是比自己想的要更强大一点。大可不必担心，真正让你痛苦的，从来都不是劳累，而是一个无法被满足的欲望。

　　在很久以前，每一个夏夜，小楼的窗外总是漆黑一片，静悄悄的。远处高大的桉树在闪烁的星星下安静摇摆，村尽头偶尔传来狗吠，收音机轻轻播放着旧时的歌……有一个小男孩还不想睡，有一个故事吸引着他。

　　在一望无际的山林深处，有一间温暖的小房子，一个可爱的小女孩和她的父亲生活在这里，日子简单而快乐。有一天，大雪纷飞，父亲出去打猎，可是一直没回来。这天清晨，小女孩决定出门寻找父亲，瘦小的身影背后是雪地上一排很长很轻的脚印……

　　可是，他忘记了故事的结尾。

　　有一些记忆又是那样清晰，特别是关于人生的某个转折点。或许在你上知天文、下知地理的学生时代；或许在那一天，你初到一个陌生的地方，那时的天气，那个迎接你的人，说过的话……当然，我记得离开学校初入社会的第一天晚上，窗外电闪雷鸣、暴雨如注。空寂的房间里，我独自站在窗台看着摇摆的树木，突然有一种莫名的失落感，仿佛昨天的热闹，昨天的无忧无虑，从此将消失得无影无踪。

雨过天晴，我用盒子装起了吉他，并从毕业相册里抽了两张照片，一同塞了进去。一张是课室里大家为老师庆祝生日的照片，一张是四个好朋友一起在学校舞台上表演的照片。

将盒子推到柜子的最里头，思绪却开始飘扬……在每个繁星满天的晚上，一起在校园操场上跑步的人；在洒满阳光的图书馆，靠着书架坐在明亮的地板上，读着一本散发春天味道的书，傻傻地憧憬着未来。还有，和同学一起喝着啤酒的时光，那个点燃篝火的深夜，有人轻轻弹唱……

当最后一次关上宿舍门的那一刻，一切便都成为过去了。只是，无论多少年后，当看到和当年宿舍门牌一样的数字时，有些牵连的记忆总在不经意间闪过。

那些明媚的时光啊，所有的人和事都是简单的。简单到我们的忧愁，只是一场球赛的胜负，只是几天没见着那个美丽的女孩了。简单到连忧伤都是如此美好，在后来连绵的回忆中。

哦，还有在一个春光灿烂的日子，几个小伙伴坐在一辆租来的车上，一起高唱着《单身情歌》，去往一个梦想的远方。

是的，在青春的日子里，欲望可以被无限放大……你要有几首自己的专属歌曲，你要有几个喜欢的人物，你要有一项能让你尽情释放的运动。你还要萌生一点朦胧的爱，投入一项让你着迷的爱好，做一些看似疯狂的事。因为，在后来的一生，它们都会变得美好而清晰。

庆幸刚工作时没有远走他乡，住处挨着一所环境优美的大学，朋友都在身边。更幸福的是，和恋人可以在每个阳光明媚的周末自驾到处旅行，在海边、在山上，看不一样的日出日落。一天深夜两点，我下班路过校园时，有一个男生和一个女生坐在操场的阶梯上，仰头望着星空，沉默不语。我在好奇，这是一段感情的开始，还是一段感情的结束呢？

人更换一种新环境时，应努力找到一个缓冲点，保留一些和过去环境相似的东西和习惯，便能更好地适应。

那些日子的记忆，常常是阳台上晾晒的那一件白衬衣，它安静地在风中飘扬……

穿上淘来的西装，打上了领带，正式踏入了社会。十多年的校园生活正式结束，这种结束不只是环境的改变，更多是心理上的变化吧。

刚进入公司，每天像有使不完的劲。我喜欢在繁星满天的晚上拖着行李箱独自出差，坐在飞机的窗边，看到飞机机翼闪烁的灯光，总会想起小时候……在屋前的小院子仰望夜空，好奇地问母亲天上一闪一闪的是什么。记忆中夏天的风，凉爽又安静……沉醉在过去和现实的碰撞中，总让人产生莫名的快乐和自信。

那些奋斗的日子里，是可以一直工作的。从清晨到深夜，直到办公室的窗外出现一抹红霞，轻舒漫卷的云朵优哉游哉地飘过。那时，日子简单得像一张充满自信的考卷。

由于工作的性质，我需要经常出差，于是开始遇到不同的人。有简单快乐的仓库管理员，有被排斥的员工。某一天，你我会发现，社会是会改变人的，当初校园里那个腼腆的小伙，变得外向开朗，是什么改变了你我？可能，是从那次羡慕开始。羡慕一个拥有一些你未拥有的东西的人，而未曾想过，那个人背后付出的代价是什么。

在努力的路上，应该偶尔想想自己原来的样子。同样，你不必讨厌一个人，你所讨厌的东西，其实也让他/她痛苦不已，只是我们不知道而已。

那段时间真是充满了成就感，享受努力换来的成果，享受团队拼搏的感觉，享受专心致志。

这些年，忙得忘记了问自己是否幸福，想必是极好的。

可是无论如何，自己还是倾向自然属性的。依然喜欢听下雨的声音，喜欢看下雨天在窗台溅起的水花，喜欢闻着晚风带来的花香，喜欢对着窗外的世界放空。然后，陶醉于一首老歌，翻阅一本捡来的无名书，在自己的世界里，沉迷很长时间。

　　思想停下来时，读到一个神奇的故事。有一座干净明亮的房子，它面朝蓝天，里面住着一个小精灵。这里发生过很多童话般的爱情故事……然而，有一天寒鸦飞过，开始了漫长的寒冬，房子里只剩下了小精灵，它孤独又恐惧。

　　可是，我忘记了故事的结尾。

　　我想，要是有一座房子，深夜在里面呐喊着某个人的名字，那个人就会回来，该有多好呢！有人说，你不试试，又怎么知道呢？

　　年轻的自己，总是和梦想较劲，暗示自己要努力。有时简单到只为实现读书时的一个梦想。那个梦想被收藏在一张图片中：一个落日黄昏，在一条安静而悠长的海边公路，有一个男生开着一辆敞篷车往家的方向驰骋。起初，这个梦的全部只是一辆跑车，而"家的方向"，不过是多年后添上去的。

　　渐渐地，加班变成家常便饭。时常半夜走出办公室，穿过灯红酒绿的街道，回家后仍然在台灯下敲打键盘……直至，夜憔悴。

　　那一栋深夜闪着灯光的办公大楼，一定是那些年所有的记忆了。奋斗的青春，是一定不曾后悔的。

　　后来和恋人的相处时间越来越少，那时好像不需要感情一样。我早已记不起当时的思维和情绪，只是，多年后才意识到丢掉了很重要的东西。是不是每个人的一生注定要在无尽的反思中成长？

　　无论如何，有一天当我们真正懂得了珍惜和感恩，一定历经了很多苦难。其实，这句话是一个女孩说的——她在一场风暴中不幸掉下船，在大海上漂了一整夜。这是后来她被赶海人救起时说的话。我至今不敢想象那一个黑夜，她在茫茫的大海上是如何度过的。

现在，每一天都是充实的，做好一件事情就已足够。我想，如果人生一直能保持某种单纯的状态，算不算是一种幸福？就像村尽头那位专心的木匠，不好奇、不探究外面的世界，生活在一个感恩与满足的世界，每天在散发着木材香气的小屋里专心雕刻，和一只狗相互陪伴。就这样，走过门庭的四季，时光变迁，时而等待阳光，时而等待细雨。足够的闲情，可以有足够的耐心……竹叶上掉下一滴滴露水，直至种子从芳香的泥土中发芽，至此终年。

或许，生活最累的时候，是你开始有了比较的意识。偶尔也会羡慕捧着"铁饭碗"的同学，我以为那一定是悠闲而快乐的。但是再次见面时，好像一样疲惫，他们原来一直在羡慕着我。是的，我们在以为着他们，他们在假如着我们。

一列开往远方的火车

我们生活在一个变化的世界，注定任何一种状态都无法维持太久。慢慢地，总有各种原因，朋友们开始陆续离开这座城市。那一年的冬天太早变得萧瑟……适应社会后，我们开始思考自己的处境，开始思考未来的发展，思想开始不安分守己。选择改变，换一种生活方式。终于，下决心离开，带着太多的不舍，坐上了一列开往远方的火车。

不经意地，不知道从哪一天起，开始有了胡思乱想的习惯，就像上了一列没有终点的火车，如同一部有轮回的时光机。

一个人来到了离别的车站，火车晚点了，在候车室坐了很久很久，却正合我意。

或许，害怕离别……

或许，离别是一段故事的结束……

在很久的后来，我依稀记得，我坐在火车上，靠着车窗，耳机里放着《有没有人告诉你》，窗外一片连一片的田野向后退去，仿佛小时候沿着青野奔跑在离家的小路。

那些日子，青蛙在田里鸣叫，燕子从远方归来，夜里柔和的风吹得让人想睡，一切安静美好，就像小学课本中描述的春天一样。

一阵快乐的笑声传来，原来自己靠在车窗睡着了，音乐正好转到了《梦一场》。醒来发现对面坐着一帮年轻人，看样子是公司组织的外出旅游活动，他们大声开着玩笑，合唱着《友情卡片》。我想，一段快乐的旅行，莫过于每个人都可以尽情地释放吧。

只是，有些和梦境不同的世界，却是真实的。

每一次的挥手告别，都是未知的开始，再见已不知何时，抑或不再是你。有时，离别的约定，不过是当时美好的愿望而已。"有没有人曾告诉你我很在意，在意这座城市的距离……"

偶尔会想，自己是上帝专心挑选的人，我的存在是要完成不一样的使命，和其他的人是不一样的。

当意识清醒，记忆有了活力的时候，又想到了很多：宇宙的探索、生物的变化、地球的变迁、大脑的运作……它们才是真实的。

这些，就一定是对的吗？我依然会问自己。

站在风中，我想，人总是有些奇怪的。开始的时候，时常怀念，依依不舍。因为，你还记得昨天的美好，对将来有着未知的恐惧。当你不确定日后会是一种怎样的生活状态时，当你还未适应新环境时，你愈发怀念过去。但，时间总是个厉害角色，在不久的将来，新记忆会将旧记忆覆盖，这一段纠结和彷徨的日子又成为回忆。过去的情感，随着记忆黏附的激素越来越少、越来越淡，留下的只是一段用来指引以后思维判断的记忆轨迹，或者变成消遣时的谈资而已。

新的工作，在着装上不再要求严肃的西装，换上了休闲服的自己居然一时难以接受，习惯是个很可怕的东西，特别是在你年轻的时候。

工作有点单调但依旧很忙，激情正在退去，好像生活不得不如此进行下去。新岗位设置了各种考核，聪明的上司会从你的思想下手，无形的压力更大。这时工作要是出现某个问题，相互不理解，便容易争得面红耳赤。而事后回想，竟想不起为什么要争吵，意义何在。我猜，那一刻大脑一定被某种激素占满，快要爆炸的脑袋急着将情绪发泄出来。实际上，不只是工作，我们一生中有太多的争吵都是如此。

我想，一个成熟的人，一定是懂得控制脾气的。不传递坏情绪，应是每个人具备的素养吧。常常发怒，便总是让人看出你过得还不够好。

冬天快要来了，所有人变得有些忧伤。快下班时，疲惫得不行，趴在桌子上便睡着了。我却梦到了春天……

在小时候住的小房子里午睡醒来，又一个懒洋洋的春天，窗外飘来泥土的芬芳，雨后的天空十分湛蓝，一切都很安静……我不愿意醒来。在梦里诉说，诉说时光蹉跎。

对一个环境不习惯，便会毫无理由地讨厌与之相关的东西。到了周日的晚上，便开始有种压抑感，觉得明天上班如同上刑场一般，思想被困在一所监狱。

早上上班，人潮拥挤，突然有两只小鸟从公交车车顶轻快地飞起，朝着广阔的蓝天飞去……我的心里竟多了一丝快乐，甚至一点希望。是的，有什么比希望还重要呢？这是不是保护环境的另一层特殊意义呢？

后来的你我开始向往内心的平静，逃离大城市的喧嚣，从生存走向生活。其实，群体管理者也要思考，为什么你所在的城市变成了"喧闹""烦躁""压力"的代名词，而不是一段温馨、安静、浪漫的记忆？你能改变一点什么吗？

那时楼下有间小酒馆，面积不大。晚上小酒馆热情奔放，白天却变得柔和，播放的音乐从 *Take me to infinity* 变成了《睡吧》。

午后，阳光有些慵懒，空气中弥漫着一种散漫的味道，勾起人的回忆……曾经兼职的一间咖啡店里，生日那天用打火机点燃的许愿火光，竟忘了吹灭，一直亮着……记忆再牵连到儿时母亲做的生日荷包蛋……

　　我想，要是有世外桃源就好了，那里可以收藏所有的美好记忆。我要让明媚的阳光照进窗台，照进心里。慢慢，填满。

　　星期五的晚上，我们几个小伙伴相聚小酒馆，这是最放松的时刻了。我们大声说笑着，喝到有些醉意的时候，我隐约听到一个声音，是邻座背对着我们的女孩，她低声说了一句："你不是真正的快乐。"真正的快乐？我突然想到一个短片，说的是几个孤独老人为了重拾激情，约着旅行探险的故事。趁着醉意，我对小伙伴们说："我们约定将来的某一天，一起自驾到远方如何？"可能借着酒精，他们都非常赞同，碰杯许下了承诺。离开时，店里隐约传来了"一杯敬故乡，一杯敬远方"的歌声。

　　我们生活在社会中，无论如何孤芳自赏，不食人间烟火，总脱离不了社会的属性。于是，渴望和家人、朋友、恋人在一起畅所欲言，期待无拘无束的相处，回到和原来一样的生活。那晚，我们所有人好像都醉了，因为后来，没人记得发生了什么事情，也没人再提起我们的约定。

　　你一定也在某个无拘无束的时刻，许下承诺和约定，说了一个美好的愿望，只是，后来你是否还记得？

　　公司走的是国际化路线，出差地点慢慢变成了国外。起初，每次出门内心非常紧张，一个人背着包，拖着行李箱，前去各个遥远而未知的地方，担心语言沟通问题，担心业务不熟悉，担心环境恶劣……太多忧虑导致失眠。后来，有个陌生的老人道破，失眠不过两个原因：一是，你的枕边少了一个人；二是，你的枕边多了一个人。

哦，原来如此。

悲观的人习惯提前透支忧虑。很多年后，终于明白，其实很多忧虑是大可不必的，因为结果通常没有想象的那么糟糕。而且，只要尽心尽力，对事情的目标预期降低一些，无论结果如何，都不会后悔的。

长期出差最强烈的体会就是孤独了，人在独处时容易烦恼，有时空虚感刺入骨髓，便不自觉渴望释放，这是大脑的自我保护反应。在空荡的房子里，有些人习惯一进门就放着视频，并不是为了看它，而是让声音驱散空气的孤独。

又或者，随身带一本书细细品味，找知己打一个闲聊电话，再重温《武林外传》。或者走进游戏世界，斗胆借酒消愁，来一次说走就走的旅行。总之，别让思想转进死胡同。即使有些行为在别人看来，没有意义。

有人说："孤独的人是可耻的，孤独不过是你不够主动而已。"我想，可能是我们尚未想好用怎样的心情去面对一个人，万一给对方也带去了孤独，就不好了。于是，有人就这样销声匿迹了。

有的人，有很多知己好友，但依然时常感到孤独。

黑暗的笼罩更会凸显光明的可贵，而旁人不一定知道。

抬头望天，静下来用心感受。我才发现，那些曾经憧憬的风景如画的照片，是真实存在的。当然，要是往里面添加一些爱的故事，就更美了。

在天上飞来飞去，辗转于各个城市，不知遇见了谁，又忘记了谁。每一个遥远的地方，在记忆的深处，一定不是匆匆而过的风景，而是一个与你有关的人、一个与你有关的故事。

有天晚上，月光照在跌落的松果上……不一会，有一只松鼠出现了，在月色撩人处，安静地躲着你，偷偷储存过冬的食物。但是昨晚的大雨很可能再来，我在好奇山那边的风景，我要赶路，即使不知走向何方……"别忘了过冬的准备"，你说。"寂寞寂寞就好"，我愚蠢地答。

频繁的国外出差让我有机会看看世界，了解不同国家的文化和生活。比如非洲人追求安逸；欧洲人看似有些保守，但实则很有个性，也更懂得享受生活。相比之下，中国人确实是非常勤劳的，从小到大，我们总是在忙着，相互竞争着。于是，高楼林立，足以让外国人叹为观止。不过，好像真正让外国人感兴趣的还是我们的传统文化，比如传统的乐器和音乐，传统的美食，甚至传说中的中国功夫。

那一段时光，就像上了一列没有终点的火车，一路上遇到了不同的人。有无话不谈把酒言欢的年轻朋友，有白手起家的风云人物，有相见恨晚的人……后来，他们都在我的大脑中留下如同轨道一样的记忆，越来越远。

于是，那些曾经只出现在书本和想象中的景象，那些以为触摸不到的梦幻故事，都真实地发生在现实生活中……

当我在欧洲的一个小国家，每天提着办公电脑，嘴里啃着干面包匆忙跑上电车时，车里的外国人总会看着我，也许是好奇眼前这个人为何离家跑到这里，他幸福吗？而我，时常看着一位坐在车窗边的慈祥的金发老奶奶，阳光透过车窗落在她身上。她每天捧着一本我看不懂的书，专心致志。我突发奇想，她会不会是一个懂魔术的人，假如有一天，她抬头看了谁，谁的命运便会发生改变。

当然，除了工作和语言能力外，有些技能在奔波中不经意地提升了。国外丰富的酒文化，使我学会了调制一杯不错的鸡尾酒；国外没有的家乡味道，使我掌握了一门不错的厨艺，几颗熊葱便能做一盘美味，甚至喜欢上了厨房的氛围；而冬日纷飞连绵的大雪，让一个南方人学会了驾驭雪橇，自如地从山上滑雪而下，感受飞奔的自由。

而更大的变化在于，在这个与中国有好几个小时时差的地方，感受心灵的悠闲，没了旁人的唠叨，少了物质的攀比，淡了焦躁的繁华，生活变得很慢。即便坐上的士，和司机的对话常常以"Where are you from?""Do you like here?"草草收场。

安静，总是这些远方城市的主旋律。于是，有了更多的时间读懂自己，雕刻一件作品，也有时间品读一首诗。写着"泪眼问花花不语，乱红飞过秋千去"，又写着"劝君更尽一杯酒，西出阳关无故人"。

在一个国际化的公司，经常遇到令人印象深刻的同事，他们漂泊半生，总不缺失凄美或浪漫的故事。在莫斯科郊外的晚上，他长途跋涉着，却偶遇一位美丽的女孩，后来有了美满的婚姻；她离婚了，一个人在布宜诺斯艾利斯遭遇了抢劫，后来在巴黎组建了幸福家庭……他们语重心长地做最后的总结陈词，"后来的快乐不在于金钱，而在于自己的感恩和领悟"，"我们的幸福是一样的"。他们认真地说着一些我还不太懂的道理，"我们要向往外面的世界，但不要张望别人的生活"……

"如果已经看了呢?"

"你要是觉得不错，就奋力追寻吧。要么，尽快忘了它。"

在不停的重逢和离别中，我慢慢发现，这里适合留落情怀。那些走过的巷子，坐过的咖啡厅，十年后再回来，还是一样的味道。坐着一样悠闲的人，散漫的阳光一样的宁静。就像，一个笔名叫"冰火鸟在路上"的朋友写的每一篇游记……但我依然希望，有一天在中国能遇见这般景象。

是的，你又不是站在斑马线上，何必总是那样匆匆。

当然，那些年的行走少不了特殊的记忆，只是不轻易翻出来。就像初到一个陌生的国家，人生地不熟，还遇上生病，一个人在黑暗中，那些疼痛带来的惊恐和无助，等待黎明的煎熬，再深刻不过了。又好似，某次穿过大街，和一个人擦肩而过时，分明看到了他无欲无求的眼神，没想到十多分钟后，远处传来了枪声，发生了震惊世界的袭击，看到新闻的自己被吓出一身冷汗。不过奇怪的是，很多年以后，我坐在一个街角的餐厅，和你聊着过往，这些事竟变成了一个个有趣的话题。

更多是难忘的记忆……在一个夜色深沉的星期五晚上，和几个知心同事自驾到一片浪漫的海滩边玩耍。由于出发时天色已暗，加上导航不准确，我们闯入了一片烟雾缭绕的"仙境"。至今仍历历在目，我开着车但看不清前面的路，感觉像在一片云雾之上，又像身处一片汪洋。我们不敢说话，前方不时有几点亮光，我使劲朝着光的方向开去，却一直到达不了。

我们都有些慌张。突然，有人惊叫起来："快看，头顶上满天繁星！它们好像一下子都冒出来了！"满天繁星和小时候躺在阁楼看到的星空一样美丽梦幻。就这样怀着兴奋和紧张的心情，我们开了很久很久，直到下半夜才开出来。后来听朋友说，那应该是一片未被收割的田野，远处的亮光可能是风车。其实，我们经过的是一片童话般的地方。

生活的常态终归是平淡的，所有事物都是如此的规律。一个人来来往往，每天带着不同的记忆回来。

我一直在追寻一种旅程，去时和回时，都是一样的幸福。

候鸟从窗外飞过的那天晚上，弟弟开车送我去机场。电台里

播放的音乐是 *Because I love you*，一路上我们没有说话，暗藏着不舍，我预感这是一段很长的旅程。这次工作的目的地是东欧的一个小国家，听说是一座适合放空自己的城市，安静而简单……

下车时音乐换成了《完美世界》，刚好留下了一句："不知我已这样奔跑了多久……远方那完美世界的爱和自由。"

一个晚上过去。飞机穿过厚厚的云彩，经过一大片田野，降落在一个陌生的地方。走在机场大道，路旁的房子有些破旧，秋末已有了寒意。树木只剩下光秃的树枝，一丝陌生和紧张感涌上心头，好像和想象中的浪漫欧洲有些不一样。

接下来，我开始奔波于这座陌生的城市，在当地同事的帮助下很快租好了房子。没想到，几天后便大雪纷飞，连每天上班路过的那座白色教堂也慢慢消失在雪中了。

这个城市真的好安静！夜晚，屋顶上铺满了雪，一片白茫茫的世界，远处的街灯散落在寒冬的迷雾里，像开辟了一条朦胧的通向天上的道路。这样的一个梦幻之夜，容易让人回忆过去和憧憬着未来的美好。只是没想到，在这个国外的城市一待便是四年多，恍如又一个大学时光。

今夜，窗外小雪下得很安静。于是，走上街道拾起一片雪花，轻轻吹落一个晶莹的梦。远处偶有钢琴声传来，有人开始回忆的无序倒带，有人开始聆听……

日子一天天过去，在从公司到家的那条林荫路，总能在某个傍晚时分，看见天空中飞机飞过的痕迹，如同过去和将来的记忆。这些日子，记忆的印记是一首歌，"又路过你的屋檐，又遇上了下雨天，风忽闪忽闪地来了又走"。这里距离小时候想象的地方不远，无论是浓郁悠悠的意大利、浪漫的希腊，还是人来人往的法国、弥漫着诱惑与激情的荷兰。但后来的记忆，总留下每次驾车时播放的一首歌，"这里，曾经有过一些日子美得不像话，这里，遇见过一个难忘的你"。

深夜的繁星下，开往黑海的 E81 公路；阳光灿烂时，开往瓦尔纳的 E70 公路；春天的芳香中，开往普罗旺斯的 D45 公路。每一条蜿蜒的公路总有一首属于你的音乐。

在很多年的一天午后，我坐在国内街角处一间有着古老格调的酒馆，老板用一首悠长的西班牙歌吸引着我。当冰冷的雨拍打着玻璃，远离的过去和现在突然有了联系，那时的旅行，还有那时的人⋯⋯就在这一刻，闲暇的时光里，终于想起那些走过的不知名的城市，那些带着音符的地方⋯⋯有着神秘夜晚的杜布罗夫尼克、烟雾缭绕的萨尔茨堡、鲜花飘香的羊角村、古老水渠跨过的塞戈维亚小餐馆、河岸边灯火朦胧的布达佩斯、马耳他那一顿难忘的海边午餐，美味得连鱼骨头都啃完了，还有，在马德里广场冒着大雨追赶火车⋯⋯每一段旅程，我们摇下车窗，享受着路上的春风十里。那些日子，好像走完了一个世界。

你以为的顺其自然，不过是有人在背后用心打点。可惜，这是很久的后来，在一次独自旅行中才懂得。

风带着故事在悄悄远去，一个用力的敲击落在琴键上，最后一个音符悠长地印记在后来又后来的记忆中。

渐渐地，我开始喜欢这里的四季分明。冰雪消融后，春暖花开的日子如期到来⋯⋯小鸟叽叽喳喳叫个不停，清晨推开窗户，常常能看到房东的猫在阳光下慵懒地打盹。偶尔，一只小松鼠在树下好奇地张望，又突然消失。懒洋洋的阳光偶尔带来一阵凉爽的风，天上的云轻轻飘过⋯⋯外面的风景在吸引着你。于是，下楼转过宁静的小巷，总能遇到各式各样的小院子，花丛下是一间间咖啡厅和小酒馆，你可以随意坐下，忘记一切时间的流逝。

在一座城市的中央，遇见无处不在的安静和浪漫，再认识一些简单快乐的年轻人。这里的时光，时常让人流连。

这里的世界很小，就像一个小院子，简单又快乐。

走在熟悉的柏油路上，迎来春天的晚风，吹得让人好想睡，然后轻轻歌唱。

许久，才发觉今天是周末，街角花店的老奶奶总喜欢叼着一根烟，捧着她养的花，慢慢地放到温暖的阳光下。穿过树叶下斑驳的阳光，走到一个蓝白相间的房子，我站在蝴蝶飞舞的花丛中等待，等待一个熟悉的身影。这座城市安静得就像世外桃源。

她说，你的楼下来过一个人，故事浪漫得不像样……有一天晚上，夜幕下蟋蟀在鸣叫，你坐在游乐场的秋千上，对星空撒娇的样子……有一天黎明，在凉爽的微风中，你拉着我的衣角匆匆跨过轨道，而电车还离得很远……

慢慢地，我开始习惯这里的生活，也熟悉了这里的工作。在坐满了来自世界各地的同事们的会议室里自信而从容，总收获不少赞许的眼神。我开始慢慢融入这里的文化，沉醉在本地的音乐里，参加他们纯洁而简单的婚礼，偶尔加入他们的家庭聚会。在葡萄架下，边喝着红酒，边聊着那些关于葡萄成长的故事……在这里，和他们一起过着诗情画意的生活。

这里的夏天好凉爽，连阳光都是舒服的。路边，种着有着淡淡香味的薰衣草，让人总想走在风中，哼着自己的歌。那些有你和你们的日子，如此简单而充实。

那一年夏天，我们去海边旅行，傍晚朝着海浪声传来的方向抬头，看到满天星星，真的好安静。海风吹过，你的发丝在飘动，我们就这样一起无所事事地坐着，直到深夜。

那一年冬天的小酒馆，窗外的大雪一直飞舞，暖洋洋的灯光落在地毯上，脸庞被映照在蓝色鸡尾酒里。圣诞歌一遍一遍在重复，我们就这样一起无所事事地坐着，直到深夜。

日子，像一部浪漫的 MV，只愿再久一点。我们总是抓不住时光，留不住时间，只剩下一堆记忆。

到了后来，日子看似循规蹈矩，却在悄悄变化。熟悉的好友一个个离开，有转去其他国家工作的，有调动回国的。有一天，走在落满秋叶的路上，你带着一种让人看不懂的笑容对我说："我有个不错的机会，正在犹豫是否同意调动。"我不假思索地回答："当然了，你应该尝试改变，追求自己想要的。"

雨过天晴，风轻拂而过……在后来清醒的日子里，我再也想不起当时如此回答的理由了。

于是，在另一个清晨，温暖的阳光穿过树枝落下来时，你依依不舍地走了。那一天，司机走了一条不一样的路，路过湖水、林荫，穿过斑驳的记忆。我们都没说话，安静的空气在酝酿回忆，希望这条路远一点，再远一点。但是，你剪短了的秀发，又似诉说着一种新生活的勇气。

一个离别的拥抱，你眼角泛起的泪光，像在伤心地告诉我，那些在耳边唠叨着的嫌弃，却是暗地里的关心，那些一起开车寻找春天的故事，那个站在秋叶中的身影，那个偶尔笑着说"你是不是傻"的日子，便再也没有了。

又是一个落叶秋天。傍晚时分，站在七楼的落地窗前，外面的世界仿佛静止了……偶尔乌鸦朝着晚霞飞去，留下悠长的叫声，安静得可以听见《傲寒》里每一根琴弦的颤动……天空中偶尔飘过几朵流浪的白云，远处房顶上有人收起了衣服，再远一点，零落的几盏街灯亮起。于是，思想渐渐放空，很晚依然忘了开灯，而远处的灯光越发清晰，"你留下很多，够我面对寂寞"。我冲动着跑到楼下，沿着那条街道，追寻早已不知身处何处的你。

在这个人们视乌鸦为幸运鸟的国家，我不经意地走到一个落满叶子的池子边，突然，乌鸦一群又一群地飞过，留下很轻的声音，像风居住的街道。我仰望星空，一颗流星划过，它带走了一位亲人。我觉得，她不过是消失去往另一个星球了。

时间就是这样，无论发生什么，都没有停下来的意思。

寒冷的冬日已来临，可我尚未做好过冬的准备。我突然想出门，于是，坐上一辆的士，靠着后排头枕，随意说一个目的地……下午懒洋洋的阳光透过车窗落在身上，我微闭着眼睛，昏昏欲睡，光秃的树枝和斑驳的房子不断往后退。司机是个年纪很大的本地人，语言不通的我们，都是不轻易开口的。我想司机迷路了，却正合我意。

那些日子，靠一首音乐，就能过得好一点。

有一天夜晚，窗外不远处的那一排低矮的屋顶上，开始了灯光闪烁，似在提醒自己，又是一年圣诞节到来。年轻的人们在琉璃灯下跳着舞，灯光映照着婀娜多姿的身影，这一刻我们好像忘记了一切烦恼，只有忘情地跳动……就像，当一个人在家，关上门窗，光脚站在柔软的地毯上，戴上一副音质最好的耳机，将音量调到最大。放空、抬头、闭眼，跟着节奏用力跳动，像发疯一样。这一晚，像喝醉一样。

接着新年的烟花绽放，又是一年的更替，带着过去的总结和未来的心愿，继续上路。

无聊时，我尝试如同过去一样，来一场说走就走的旅行，何况年少时总以为独行是一种优雅呢！于是，在到来的初春，挑一个阳光明媚的周末，再来到布拉格广场，又坐在落日余晖下的长椅，听着广场上的钢琴弹奏，看着鸽子飞起又落下。只是，时间一分一秒过去,心情逐渐变得散漫,晚风开始有点凉了,显得更加无聊,竟不知下一秒要做什么了。当广场另一边的钟声响起,我想,我不会再来了。

偶尔,我会好奇独自旅行的人,你说的风景是如何美好,才让你如此流连忘返?还是有一个背后的故事,你没有告诉我们罢了。而我,或许是在寻找一种灵感吧。

有一天夜里,在回忆的歌声中,孤独感突然涌上心头,开始有了对未来的彷徨。洗澡时,举起湿漉漉的手,水珠顺着浴室的墙壁滑落,思想停下来时,我想看看它会到哪里去,然后问一句:"你还要我怎么样?"

深夜的浴室是个好地方,对着镜子里的自己,可以肆意地张牙舞爪,胡言乱语,喊出想做的事、想说的话,即使不着边际,不可理喻。没关系的,当水浇过脸,冲过记忆,刚刚的抓狂情绪便会烟消云散。你还是所有人眼中的那个你,意气风发的你,温文尔雅的你,不一样的你。

只是,黑暗的房间中,这偶尔深夜的哽噎声,但愿没有吓着外面路过的人。

一个长梦的尾巴

　　窗外朝南的夜空中经常有一颗很亮的星星。我想借用它，在很久的将来，记起在每个异国春天的夜里，抬头看星空的日子。

　　夜深了，我还不想睡……

　　在后来，我时常怀念过去，因为只记住了过去的美好。我知道现在也会变成回忆，是以后回不去的想念，我应该珍惜现在的每一分每一秒，珍惜现在的每一次微妙的感受。是的，就像此刻，站在轨道旁等待电车的到来……华灯初上，落日的余晖还在，路旁小商店传来了《午夜萨克斯》，一切刚刚好。

　　生活变得安静，我哪里也不去。在周末的时光里，清晨19度的阳光洒在阳台，透过落地窗散落在地毯上，微风吹过窗台，咖啡的味道随着一缕雾气在房间蔓延开来。我靠着沙发边沿坐在地毯上，手里捧着一本书，过着简单的生活。只当，窗外的鸽子飞过时忍不住张望……

　　安静的日子里，思想的世界反而很大，自由畅想，用一堆记忆，画出一个你不懂的思想世界。我在用心雕刻一件艺术品，用心勾画另一个我。只不过，偶尔抬头望向铺满晚霞而没有尽头的天边，内心涌动，开始期待，一个一起浪迹天涯的人。

　　这是一生的记忆，有时寂寞，有时浪漫，但一直安静而美好。

这一切，恍如隔世，是时间停止了吗？也许，有在这里的修炼已经足够了。

再次等待归家的电车，忍不住哼起一首歌："蓝色的天，飘下最后一片黄叶，你还不离场吗？"饱含不了爱的味道，连吹来的风都变得孤单。况且，有一位老人的念叨和责备，从遥远的他乡传来："不知他在国外还适应吗？""是不是迷路了？""怎么还不回来？"又一年中秋夜，窗台上的月光如水，牵挂的人开始抬头，幻想飞翔在无边际的夜空，和他们不小心遇见。

最后一次站在罗卡角的风中，对远方的家人说："对不起，我还没有做到你们想要的。"于是，每次抬头望星空，我就会提醒自己时间的真实存在。理智一定在告诉你我，人终归要回到一种世人所定义的生活方式。有些景象……就好像，母亲端一碗烧排骨催促着趁热吃，和爱人勾着手指漫无目的地行走，专注地看着小孩快乐地奔跑……这些看似平淡的事啊，只是假想就觉得美好。原来，我差点习惯了这里，差点忘记了冬天的寒冷。那一天，有一首歌唱着，"我的前半生在雨里风里，我的后半生要循规蹈矩……"这，不是一个久留之地。

我终究做不到那位十年旅行人的勇敢和自由。在一条偏僻的路上，人变得越来越少，走得太远，我开始慌张了。没了同行人，我甚至开始害怕。生活变得有点魔障了。

生活如此不一样……在这深秋的夜晚，当你进入甜蜜的梦乡，有人思想飘忽，期待魔法出现——吃掉桌上的半边苹果，企图明天的生活会变得不一样。或者，时光倒流，两年就够；又或者，出现一个精灵。

一分钟前，我在跟着 Imagine Dragons（美国摇滚乐队）的音符跳动，一分钟后，我沉思在《小王子》的内容中。

我始终认为一个人可以很天真简单地活下去，必是身边无数人用更大的代价守护而来的。

　　如果不去遍历世界，我们就不知道什么是我们精神和情感的寄托，但我们一旦遍历了世界，却发现我们再也无法回到那美好的地方去了。

　　昨夜梦中，我迷失在一个老巷子……阁楼上飘来凉皮的清香，还有古井烧鹅的浓郁香味，时光散漫着。寻着河桥那边弹奏的《琵琶语》走去，那是一位清瘦优雅的女子。我问道："是否知道一条 68 号公路？"她一定觉得我有些无厘头，我想。绵长的梦中，我一直住在这里，以后也会住在这里，随心所欲地谈话，漫无目的地散步。然后，在河边的阁楼上，专心地书写未来。那些，一直自认为应得而未得的惆怅和忧伤，不曾来过；那些，无法改变的错过与遗憾，都烟消云散了。那位女子，又吟唱起了《琵琶行》。

　　《武林外传》中有这么一句话："幻境再美终是梦，珍惜眼前始为真。""Is the winter coming to an end?"我满是期待地问。"No, maybe longer than last year."同事开心地说。心情有些低落，却坚定了离去的念头。

　　终于还是到了离开的那一天，我拖着行李箱关上房门，回头用力看了一眼门牌号。不舍的不仅仅是这里的风景，还有月光下，好友们一起庆祝节日，畅想未来的回忆；阳光下，一起结伴旅行，无忧无虑的时光；还有和你走在秋天落叶上的往事。甚至，后来一个人抬头仰望天空的日子。

　　但是，刹那间闪过的情绪，我分明感受到了，那是对未来新生活的心动。

　　又一次走在熟悉的机场大道，初春的阳光透过挂着残雪的树枝洒落在行人的身上，美得不像话。"我得到了什么？我丢失了什么？我还是来时的我吗？"终于，这里的一切都被赋予了情感……街道、房子、树木、阳光、风，连那个拥挤的站台，都让人依依不舍了。泪水开始在眼眶打转。司机回头看了我一眼，将 *Someone like you* 的音量悄悄调高，这正合我意。

用力地拥抱与挥手，看着那一张张年轻的脸庞，他们会继续怎样的故事呢？我们约定，将来的一天，在一个小酒馆里喝着自己调制的鸡尾酒，再一起听听属于这里的音乐，聊聊这里的故事……许一个美好的愿望，是离别时最好的情感调节剂吧。

我很幸运自己加入了一个少年的圈子。

告别了所有人，坐在候机室的角落，如同多年前离别的场景。这个从陌生到熟悉的城市，这是最后一次在这里等候了。那些发生在这里的拼搏过、感动过、浪漫过、疯狂过、彷徨过的生活，再见了！也许下半生再也不会到来的地方，再见了！

每一个机场和车站，都曾承载着太多不舍。那个哭得最伤心的人，不是因为两座城市的距离而哭，而是明白，从这之后，与这个挥着手的人有关的快乐和感动，那些散漫的时光，变成了无法触碰的记忆。

"你，还记得当年离别的惆怅吗？"

"我只记得那个画面，但忘记那时的情绪了。"

有一天，曾经的离别只留下一个画面，无法重温，也许也是一种幸福的吧。

走完那条长长的登机走廊，我突然想起，当初在你离别的那一天，一定也如同今天的我，眼眶里满是泪水。

坐到靠窗的位置，耳机响起慢节奏的钢琴声，离别的情绪和惆怅不被打扰。迷糊中，我好像坐上了一辆小车……在一条没有红灯的路上，阳光的温度刚刚好，车窗外传来低沉而有节奏的呼呼声。只想，这条路再长一些，一直开下去。直至，遇见一个让我怦然心动的人。

I am what I am.

一个夜晚的时间，原来可以走很远很远；一个夜晚的距离，记忆已不是记忆。追寻不到线索，如梦一场。

"Hi, Jack!"我扭头过来惊喜地发现，是之前一起工作的一个外国同事在叫我。当时她提过想换一份完全不一样的工作，原来是当了空姐。这让我始料不及，人生有这样的遇见，或者，将来也还会有的。

"再见了。"终究，所有的记忆和不舍，汇成一句最认真的话。

天亮了，飞机穿过厚厚的云彩，掠过密密麻麻的房子，回到国内繁华的都市。人来人往的热闹，回到很久以前的生活，让人熟悉又陌生。

有些一成不变，有些不一样了。眼前的柴米油盐，嘈杂的街道，烦躁拥堵的马路，房子、孩子的话题，旁人的窃窃私语，你我他之间的比较……总出其不意地扑面而来，让人措手不及。这里，终究没有台湾青春偶像剧里的情节——一个年轻人骑着摩托车穿过安静的街道和浪漫的田野，在追寻爱的路上，专心致志。

当走在街道，我尝试着旁若无人，却没有了歌唱的冲动。

当推开窗户，看不到很远的天空，找不到晚霞下安静的街灯；看不到偶尔划过天空的鸽子，感受不到从远处吹来的凉爽的风……于是，我再没有当时站在窗台旁的情绪。

我找了一本散发着熟悉味道的书，让记忆继续旅行，一直走到很远很远。

唯有情绪不同，面对很多的事情，不再大喜大悲，都可以轻轻扬起嘴角，一笑而过。

唯有手机的屏幕显示着两个地方的时间、两座城市的天气。

但是，怀念归怀念，这里终归是最适合我的。

当夏天的台风和暴雨到来，我竟有一点兴奋。小时候，台风天是不用上课的，小伙伴们会兴奋地跑到大树下捡果子，这是旧时光留下的记忆。狂风暴雨过后，路边那一棵棵高大的王棕树，总在落满晚霞的黄昏，站成了一个安静又美好的世界。

有一天夜里，和弟弟一起长途跋涉驾车回家，广播里放着《十年》的钢琴曲，车窗外下起了大雨。我内心很愉悦。我们很多年没有这样一起聊天，聊一些生活的变化、最近的打算……我想要这条路再长一点，开上一整夜也是没关系的。

还有，许多的新奇在等待被探索，就像《航拍中国》和《远方的家》提到的地方，还有各个美食达人推荐的美食，或许，还有期待，遇见一个命中注定的人。

记忆终究斗不过扑面而来的变化。淹没在忙碌的工作中，拥挤在上班的人潮中，不停地聚餐应酬，习惯好像又回到了这里。思想又变得安分守己，不再纠结吵闹的车水马龙，不再抱怨弥漫的商业气息。于是，甚至没有闲情感受一个细微的美好，没有耐心读一本没有故事情节的书，快要变成"低头一族"了。麻木的表情在暗示，鲜活的灵魂就要离肉体而去了。

于是，在纷杂的路上，我只戴一只耳机，要走路，又要陶醉。

但是，自己真就甘愿如此过一生吗？

有些曾经的记忆快变成一个远去的梦了！隐约记得那里应该春暖花开了吧。

一个燥热的下午，沿着海边开车去往一个无人的方向，独自飞奔。公路另一边的车辆已堵塞得一望无尽。记忆不小心落在那个诗情画意的国度，我们曾经一起畅想回国要打造田园生活，皎洁的月光下，过自由散漫的日子……过去的美丽时光，悄悄地提醒着一个遥远的梦。

朝着晚霞落下的天边，我自问：当美丽的余晖落下，哪个"我"才是我想要的？

每个人都在选择最优的生存方式，这是你我难以改变的。只是，还有更优的，不过是你忘记了。音乐公园的斜坡上，深夜还有人在陶醉地自我弹唱，望着远方……

哦，要将一段记忆留住，唯一的办法，是实现过去的诺言和愿望，搭一条过去和现在相连的桥。

如果，这里看不到希望，就到别处寻找光明吧。这个时候对你来说，换一个环境或许会是更好的选择。而我希望，我的世界可以小一点，再小一点。像一个院子那么小。

你站在山上，等风，让我有些羡慕……

改　变

小时候很喜欢一句话："上帝，请赐予我平静，去接受我无法改变的；给予我勇气，去改变我能改变的；赐我智慧，分辨这两者的区别。"

改变不是一件容易的事情，特别是越长大，改变越来越需要勇气。

但后来的生活告诉我，改变只是看起来困难。或许，一次突如其来的疫情就让你改变了许多。其实，当你真的决定改变，你会意外地发现总有一片晴天在等着你，转角处的风景一定会和你想象的不同。路在身后，更在前方。

你说，道理我都懂，不过真要做出改变时，勇气依然不足。或许说明现在的你挺好，至少这个改变是不着急的，你尝试换一种角度专注其他的改变就好了。而那些困扰着你却得不到的想法，远离就好。

有时，命运倒退一把，你反而解脱了。

我本来有一个小小的庭院，但是我没有珍惜。直到很多年后踏遍千山万水，看过所有沿途风景，我才发现它的美丽，墙外吹来的风如此安静，带着花草清香。在那里我可以什么都不想。嗯，我要追寻那一个"我"。

四月，莺飞草长，万物复苏，微风凉爽，阳光温暖，一切都是新的开始。嗯，走出去，在路上，在风中，一定是美好的。

终于在得到一个暗示后，我鼓起了改变的勇气，有了行动。我竟意外发现，自己没有想象中的那样洒脱。离开公司的那一天，好像又回到了离开校园的那一天。我绕着偌大的公司走了一圈又一圈，竟如此不舍，好像所有事物瞬间被赋予了情感……曾经在半夜嚷着要马上离开这个地方的小伙，已经走了很远了。我分不清习惯的是这里的生活，还是这里的人，抑或是发生在这里的很多故事。又或许，只是此刻微醺了。若心存感激，这些给了你难忘记忆的日子，都是值得的。

　　"人生攒满了回忆就是幸福。"离职时公司发的纪念奖牌上刻着这句话。

　　"有些鸟注定是关不住的，因为它们的每一片羽毛都闪耀着自由的光辉"，后来的自己终于明白，改变的勇气的背后，有一样东西叫"希望"，它一直植根于内心深处，而且一直未被遗忘。

　　为何一直未被遗忘？我想，这正是一生修炼的结果。你走过很多地方，遇见过很多人，体会过各种生活，有过各种情感。于是，这些记忆交织比较，告诉自己什么是幸福，懂得并坚定了过某种生活的信念。

　　终于，这些年过来，换了城市，换了生活，也换了自己。

去有风的地方

冲一壶淡茶，找一个属于自己的小地方。换一个角度看大千世界和人间万象，过一些随性的日子，是一种人生雅兴。而那个地方，是心灵的安放之处。

我看你在街市上奔波，我看你开车穿行其中，猜测着你的人生苦乐。庆幸吧，后来，你懂得了一种简约生活，便是你专属的人生境界。

终于，我要实现那些曾经的畅想了，"租一片田地和一口鱼塘，开一间挂有彩画的店，感受四季的转换，体会人与人之间简单的乐趣"。这里，没有分分合合，少了爱恨情仇。我想，这种潜意识的愿望，不是谈论而来，而是植根于记忆深处的，它一直都在。

我开始到处寻找另一座城市，一个早已在地图上标记过，离海不远、天空中有很多飞机飞过的地方。

这里的节奏很慢，我喜欢遇见不赶时间的人，因为他们会让一座城市变得浪漫和温暖……就像，有人在安静看书，有人在凝望天空，有人走在街上，轻轻吟唱。

终于找到一个飘着花香的两层小楼，准备创业。周围虽说不上繁华，交通却还算便利。门前是一条人不多的公路，这里既是这座城市的尽头，又是远方的开始。房子后面还有小池塘和小院子，我一同租了下来。下午的阳光从门前的大树缝隙中照射下来，时常让人有一种恍如隔世的错觉。

站在二楼，除了能看到更多风景，也是一个安静之处。坐在这里可以安心看着每个过往的人最自然的一面，又不被过多的打扰。

以前，我们总希望别人的焦点落在自己身上，但后来便变得享受恬静了。别人滔滔而论时，我好像更喜欢笑而不语，做一名聆听者。

我对小楼投入了最大的精力，就好似有一种感觉，下半生会在这里度过，这里会是未来幸福的依托。

为了装修出自己喜欢的风格，我精心挑选了不同的桌椅。听着刨刀在木板上打磨的声音，看着墙上被刷成了淡淡的蓝白相间的颜色，我有一种熟悉的幸福感。

我在墙上挂了两幅地图，一幅是世界地图，另一幅是中国地图。此刻，看着上面的每个地方，和中学时代在地理课本上看到时相较，心情已经是大不一样了。有些地方，我可以盯着发一个下午的呆，而旁人困惑不解。

我不是一个完全闲得住的人，然后，我联系了之前在国外工作时认识的酒庄老板，在小楼还没装修完毕时便收到了第一批红酒，熟悉的酒香，像泛起的记忆那样。

装修完毕后，我有预谋地买了一堆精致的笔记本放入每张桌子的抽屉里，顾客可以随意记录，也可以翻阅。我觉得每个人都有自己的故事，有些不想对别人说起的往事，可以在这里写下。也许，我任性地希望可以将它们收集起来，编成一本有你有我的诗。当然，我也可以和你交换的故事，足够在一个绵长的雨夜，你我不寂寞。

因为经营的是酒类和烧烤类的清吧，所以我给它取名"街角烤吧"（以下简称"烤吧"）。这段时间里，我完全投入烤吧的装修和准备工作中，就像雕刻一件艺术品，我并不厌烦甚至喜欢这种短暂的身体劳累，这要比准备第二天给领导的汇报材料所带来的烦恼少得多。终于，完成了所有的准备工作，如同一场即将到来的婚礼，在紧张和兴奋中，烤吧开始营业了，第一天，在墙上写着"这里，有酒、有歌、有故事"。

烧吧的菜式不多，除了常见的烧烤外，还有三种固定的套餐。这三种套餐，无论食材还是做法，我都想要做到最好。将来当顾客回忆起时，会觉得这是他们吃过最好吃的。要知道，要给一个人留下忘不掉的记忆，是很难的。至于为何设定三种套餐，或许只是因为我喜欢这个数字。

日子一天天过去，和客人熟络了，店里开始热闹起来。由于地理位置的原因，客人总不算多，但正合我意，一切可以不慌不忙，悠然有序。偶然有人问我："你赚钱吗?"我发自内心地回答："不太赚钱，但很快乐。"

每天准时来到店里，当我轻轻推开门的那一刻，就会感到一种淡淡的幸福。

偶尔，我会溜到后面的小院子。在飘着云朵的天空下，闻着花草的清香，整理一下刚搭起来的葡萄架；大雨过后，看着蜻蜓从池塘水面飞过……有时坐在院子里吹着晚风，看天空中飞机飞过的痕迹慢慢散去……在这个悄悄来临的春天里，我依旧把自己锁在记忆里，独来独往。

今天是自己的生日，内心如往常一样无比平淡，但我还是想制造一点不同。我翻箱倒柜，找出读书时使用的旧电脑，从里面选了几首老歌，循环播放。我有一个想法，以后只要是生日当天到店消费的人，均有权选择烤吧播放的音乐。

窗外乌云密布，暴雨要来了。这个城市没有了雪，但多了雨……

于是，我窝在沙发，当 *Run away with me* 的钢琴曲响起，便记起了那个遥远的夏日暑假，在父亲工作的小厂房，那个简单而温馨的小房间，快乐地吃着午饭，母亲爽朗的笑声，偶尔盖过了天气预报的背景音乐……

你，还记得雨天的美好吗？还是后来它只变成你上下班和买菜路上的烦恼。

有人记起了，在屋檐下，一个男生和一个女生安静地站着等雨停。连绵不停的雷声从远处传来，好似在偷偷合演一个浪漫故事。

雨后，推开一扇窗户，窗外的世界一片清新，散发着泥土的芬芳，安静得像一幅画。

二楼的阳台有两张桌子，其中一张靠角落的桌子，只要没有客人，我就会霸占那里，无论聊天、看书、思考或者回忆。就像此刻，正好阳光明媚，播放的音乐在不停切换，一会是许巍的《时光》，一会又到了袁娅维的《长腿叔叔》，怎样都觉得很好。

几片落叶飘到了桌子上，我抬头望去时，落日余晖穿过被微风吹动的树叶，闪烁着落在人的脸上，落在眼睛里，有些恍惚朦胧，又有一丝说不清的期盼。

夏夜来了，远处传来蛙鸣，清晰而有节奏，和儿时的记忆一样美好。你一定要活在童话里，无论何时何地。

这是一部电视剧，但于我而言，它是真实发生过的。

⊱❀⊰ 遗失的美好 ⊱❀⊰

　　慢慢长大，开始爱上一些遗失的美好。简单到你保留了一首专属的歌，只在某个特殊时刻播放，过了很久之后，即便那样的特殊时刻不再出现，而旋律响起时，你也会激动不已。好像喜欢一种食物，如果让你连续狂吃到吐，那很长时间内甚至以后你都不会对它感兴趣了。当岁月流逝，我们好像慢慢明白，在任何事情上，都应该学会克制，留点遗憾，留点想象，它带来的幸福感也许会更长久一些。

　　这天清晨，风安静而清爽。毫无理由地，我拿起车钥匙，开车沿着门前的公路冲出了城市，漫无目的地奔驰在田野旁一条68号公路。晨风从车窗外吹来，嘴里哼着一首不着调的歌，"没什么大愿望，没有什么事要赶……迷迷糊糊的浪漫"，顺着调调，记忆好像没有方向地游荡着。路边一片野花在晴空下盛开，蝴蝶在上面轻盈盘绕，我闻到了油菜花的味道。

　　广播里的歌曲"我要怎么说我不爱你，我要怎么做你才死心"，在一个遥远的国度……带来了多年前的记忆。回忆，停留在公路尽头的海边，一只白色的海鸥，在梦幻般的蓝天里自由飞翔……我抬头，看着穿过阳光的一片云彩，静静等着时间流去。风轻轻从耳边吹过，像捎带着 *Ce are ea* 的音符……

　　串起那些旧时光的，有蓝天，有海风，有草香，还有一首哼过的歌。

世界真小，风渐凉的日子，走过一条落满枫叶的马路，遇见一个似曾相识的身影，不过已是长发飘飘。我终究没有追赶上去，在拐角处离开了。因为无论如何，明知相逢恨晚，何必再扰乱思绪。只是为何我停留了很久很久……歌里告诉我的，"时间风干后你与我再无关"。

　　那种稀松平常的对白，已不再；曾经近在咫尺的未来，已天涯。对不起，谢谢。

初冬的日子

冬雨，夜寒云雾隐月，孤灯残影浪打眠。愿你年少有为，知进退。

这年冬天雨水很多，店里的人却不多。透过挂满水珠的玻璃窗，闪烁的霓虹灯总在诉说着这个城市的落寞。闲暇时分的思绪起伏，让我有点慌乱。已经很久没有遇到一首感动的歌曲了，远方的那座城市还好吗？

画一个月亮，沉醉一个冬。记忆又游走到另一个时空，那一座安静的小城……在一条落满树叶的街道，迎着凉爽的晚风，哼着歌，陶醉着，感动着。是的，那些用音乐陪伴的日子，快要被忘掉了。夜色渐凉，容易泛起回忆。

于是，我又忙碌了起来。花了一个多月，在烤吧后面隔出了一个小房间，小房间的窗户正对着那片夏夜蛙鸣的池塘。我买了录音设备、架子鼓、电子琴，还有，从柜子里取出那把夹带着照片的吉他。在这个下着雨的寒冷午后，轻轻唱着充满回忆的音符……于是，在这个小房间，它们渐渐散落，依然美好。

偶尔，我会拉上一两个来店的熟客，一起敲打着类似 *Another love* 的节奏。伴随着音乐，柔和的灯光显得愈加温暖了。我想，我可以一天都窝在这里，甚至，在末冬时分，期待下一个寒冬的到来。唯一可惜的是，外面没有落下一片雪花，如果有，就更浪漫了。

星期五的晚上

今天星期五，是上班族一周中最开心的一天，也是烤吧一周中最热闹的一天。人们积攒的欲望得到释放，深夜两点，才逐渐散去。

我看到还有一位男士坐在角落，桌上是空了的酒杯。我走过去问："请问还有什么需要吗？"他笑着对我说要加一杯鸡尾酒，同时示意我坐下来。

这里是一个适合倾诉和聆听的地方，人们在安静的环境，带着一点醉意，最愿意表达内心的想法。

我好奇地问："这么晚了怎么还一个人在喝酒？"试探是一种聪明而有效的手段。他果然爽快地告诉我他是一家大公司的管理者，在外人看来是成功的，父母从小就以他为荣，有房有车，有美好的家庭。但到了这里，遇到很多一起真诚聊天的人，了解他们不加修饰的情感，他才更感到真实。他说："在如此安静的半夜，我要放空自己，什么都不想了。"

我笑着对他说："其实你是幸福的，不是因为你的财富，而是你的每一天，大多数时间都在专注地做着一件事。"

他苦笑着继续说："因为工作的需要，总是到处出差应酬，和形形色色的人打交道。在酒桌上说着自己也不相信的话，在酒精的刺激下做着各种疯狂的事情，接受着各种奉承和献媚。我自己也矛盾，既享受着，又孤独着。后来，不知不觉间有了更多欲望，除了对金钱的欲望，还有对权力的欲望，甚至对情感的欲望。偶尔蹦出一些疯狂的想法，认为那是自己应得而未得的。我，快有一点为所欲为了。"

"只有安静下来，就像现在，我才会看清这些改变，并害怕自己会习惯那种生活，害怕对已有的美好失去感觉。我害怕快乐变得只来源于觥筹交错间，害怕努力的方向只剩下别人定义的成功，更害怕控制不住正在滋长的欲望。只有一个人坐到这里，才有机会提醒自己，我不想变成那样的人，我更愿意……在一间古老的小酒馆，当寒冬大雪纷飞，屋里的火炉正在燃烧，映照寥寥无几的身影，我弹着一把吉他，轻轻地唱那些过去的故事……"

他继续说："朋友时常祝贺我，拍着我的肩膀说我选择了一条正确的路，说我如何的成功，我总是一笑而过。虽然我珍惜现在的工作生活，但我内心知道，生命尽头的那一天，我怀念和记住的，一定是那些简单而快乐的日子。那些纯真，那些爱，那些我专属的记忆。"

我想，他一定找到了属于自己的保留最深处记忆的方式。无论世界如何变迁，记忆始终在那里。临走时，我邀请他加入我的乐队。"我就是我，是颜色不一样的烟火"，我顺着歌词对他说，也在对自己说。

关上店门开车回家时，我忍不住笑了。想起这些年相遇的人。其实，在你们面对面的一刻，要比较谁更幸福，完全取决于这一刻，你们各自的内心。假如，你没有只想着对方的好，而忘记了自己的好，你就是更幸福的。

车行驶在茫茫夜色中，播放着《漂向北方》，我在风中萌生感动。真正让自己内心快乐的并不只是风景，还有前方的期待，走在一条回家的路上，有一盏灯正为自己而亮。

夜晚清凉的微风吹过，我的记忆又随它而去了，一些事一些情，停在一段高中的日子。那时，晚上常躲在蚊帐里收听一档情感电台节目，两个主持人念着读者的来信。那些读者的来信里，述说着各种浪漫曲折的爱情故事，有分分合合，有异地恋甚至跨国恋，有我爱你，你爱他，他爱她。但对于那时的自己，就好像他们在谈论一个远古故事，永远触碰不到。只是希望，有一天也做这样的主持人，就很好了。

　　偶尔，生活没有变成预料的样子，这让一个充满期待的人，有些伤心。

熟悉的陌生人

每当我看到那些带着微笑，休闲地享受一杯红酒的人，我总是无比羡慕，他们将人生的意义最大化地表现出来了。而在以前看来，我更觉得他们是无所事事的。我变了。

最近，有个穿着干净整齐又略带腼腆的年轻人，总在周六的下午来到店里。有时带着朋友，有时一个人，一个人的时候常坐在窗边听音乐。到了后来，我们会简单地闲聊几句，得知他已经工作很多年了，最近来到这个城市出差。

在一个凉爽的夜晚，我们都喝得有点醉了，让我突然好奇这个人的故事。

很久以前，在还没淡忘的记忆里，他的感情经历非常丰富。有过相濡以沫的日子，有过风雨交加的激情，有过月光如水的缠绵……半躺着带着醉意的我像在听一部风情小说。他曾在无意间伤害了很多爱他的人，甚至第一段婚姻开始不久就在稀里糊涂中结束了。然而，婚姻结束不久，亲人又意外离开。他清晰地记得，那个晚上一个人走在无人的街道，一直到很晚很晚。突然失去了所有的依靠，孤独和无助让他一蹶不振，导致无法专心工作，越来越迷茫，生活失去了努力的方向。"你完蛋了。"有个声音在对他说。"我完蛋了。"他也这样说。甚至有一天他走在楼道里时，有一种跳下去的冲动。但最终，理智告诉他："改变吧，离开吧！"可能是过去留存的美好，让他有一丝暗藏的期待。

他说:"有苦说不出,才是真的苦。""你为什么不能做一个安分守己的人,如同大多数人一样,如同春节期间播放的家人团聚的广告一样?"有段时间,他耳边总萦绕着父母曾经唠叨的话。

此刻,我们都没有说话。窗外吹来清凉的夜风,店里的音乐刚好传来,"原谅我,原谅我,清风可否吹走破碎的梦……"他在聆听,也许这是他想对很多人说的话。

离开公司后,他搬到一个边境小镇住了很长一段时间。那段时间,他竟不敢看镜子里的自己,那个孤独而伤心的人啊!过去重温几次,结局还是失去你……"就这样吧,生活!"他经常在洗澡的时候,借着水声的掩盖,放声喊出来。这个习惯甚至延续到现在,他笑着说:"那些日子,好像流完了一辈子的眼泪。其实,偶尔让泪水尽情地流下,这样的释放能让自己更舒服,更坚强。"

"在一个竹林深处,有时阴雨连绵,窗外只有鸟鸣;有时阳光明媚,安静到只听见风声。"我低头书写,写一段话,写一个人的名字,重复着……像一个学生那么专心。就像一个修行的人正在忘记过去的故事。"阳光从风中钻出来,然后就死了,死得不明不白……"他自言自语。

有一天,他看到一群人骑行经过,朝着夕阳的方向而去,路很长。那一刻,他多么希望加入他们的旅程,因为,说不定里面有一个像他一样忧伤的人。"夕阳无限好,只是近黄昏。"他说:"我的前半生,已走!"

幸运的是,曾经的生活给了他最深藏的梦想,希望一直还在。

在一个春光明媚的日子,他抬头望向蓝天,天空中还有飞机留下的痕迹,突然,一只展翅的小鸟飞过,飞向了远方……突然有一种改变的信念，他自言自语："我的下半生，才来！"他坚信，有了这一段修炼，就算很辛苦也不会怕了，只要还未失去追求梦想的资格。

换了一种生活，他遇到了一个善良的女孩，而且很快组建了新的家庭。他尴尬地笑着说："又一次在婚礼上说出'一生一世'时，对自己来说真是一种煎熬，这是之前未曾预料到的。但是，有了期待的新生活，其实内心是坚定的。现在，我更乐于追求自身的价值，朝着每一个简单的梦想前进。"他很认真地说："其实我是幸运的，我庆幸有妻子和儿女的陪伴，至于过去，我才明白，泪千行相比欲哭无泪，是要幸福很多的。"

也许，我唯一强加给他的遗憾，是他终究没能成为父母眼中"别人家的孩子"吧。

有部电影中的台词让我至今深刻："只有在失去一切后，我们才能自由地做任何事。"你最后的成熟不过如此，不因大小事情而喜怒无常，总能淡然处之，却又坚持不懈。我喜欢这样的朋友，有坚持的想法，有自己的生活方式。在他走出阴霾后，我甚至会羡慕他。此时此刻，我们虽然同样面对着窗外柔和的月色，我想他的内心一定比我快乐，因为他有更多的珍惜和感恩。但我知道我们无法成为朋友了，也许这次便是最后一次见面。这些最隐私的故事，他一定更愿意说给陌生人听，而且是永远的陌生人。对于陌生人，留下的只需是他过去的故事。

其实，对我而言，何尝不是一样？过客便足够好了，我总贪心听到更多不一样的故事。自此以后，便再也没有见到他了。

我问："什么是人生呢？"有人说："大闹一场，悄然离去。"

我们的生活不会一帆风顺，也不会一成不变。生活中会有很多无奈，你渐渐忘记原本简单的追求，不知不觉中你被完全改变了。有时，简单何尝不是一种快乐的方式呢？

"闹够了吗?" 赶了太久的路,是需要停下来自问一下的。

有些生活,能懂是缘分,不懂是幸运。

总在每天很晚的时候,当我在烤吧的阳台沉迷于夜色时,有一个陌生女孩会从店前经过,脸上带着忧伤和疲惫。

她可能在做一份压力很大的工作,也许为了远方的梦想,也许为了满足别人的要求。若不喜欢现在的状态,累是必然的。当然,我并不了解她,无法多做评价。或者,她的幸福只是被安排在了未来。

我想起在国外生活和工作的日子。外国人很少在意别人对自己的看法,他们从小被教育勇于追求自己想要的生活方式。在欧洲有个有趣的现象,在草坪上除草或修复马路的,可能都是年轻帅气、有学识的人。在社会共识中,每个人都是值得尊重的,只要不触犯法律,你喜欢什么是你的选择,我喜欢阳光也是我的选择,并没有谁好谁坏之分。

末冬的情感

来到冬天的尾巴，天气飘忽不定，让人捉摸不透。偶尔晴朗，便以为春天来临，欢喜迎接，但一场冰雨的到来，又让人气馁。于是，便在希望和失落之间徘徊。

有人说，像极了爱情。

我曾经爱过冬天，在一个远方的城市，在大雪纷飞中放肆地追赶，也安静地在温暖的酒馆看外面冰封的世界。这样的心情，让我突然想给你寄去一张照片，勾起共同的记忆。但是，万一给你带来的是伤感呢？算了吧，我总是不能太自私的。

今晚烤吧循环播放的是《偷心》，"长夜里越来越冷清，回忆里越来越孤寂……"，气氛刚好，便有一些梦幻。

有一座神奇的小房子，它的主人在等待一个人的到来。

窗外安静的路灯周围，弥漫着浓浓的大雾，仙境一般。也许，冬天，是要有人陪伴的。因为，在这寒冷的日子里，孤单是加倍的。世界上最美的话终究变成"你回家了吗？我还在等着你"。

在阳光灿烂的日子出门，在寒风冷雨的日子围着火炉。有些梦想如此简单，却又如此遥远。我感觉大脑在放空，手中握着的笔，重复地写着："你们在哪里？"

鲁米说过，每个爱你的人，都会在你消失不见的几天爱上你。

今夜天黑得太早，房间有一丝温暖。只是，情感有点乱，假如，时光倒流……内心竟然有一丝感动，好像收到了暗号，美好一定会再次到来，和那一年的那一天一样。

你要尝试一回，和热恋的人在夜晚分别，然后一个人开车在一条安静的公路上，听一首遗忘已久的情歌。嗯，你会记住这个撩人的夜晚……

想不起谁买过一个吻，谁捡了一页回忆，谁在用心雕刻一段曾经。你追寻过爱情的梦想吗？

爱情的鸡汤

　　有一天，一个男生和一个女生一起来到店里，从进门到他们在靠窗的桌子旁坐下，整个过程女生的脸上都带着笑容，男生说什么她都点头同意，躲闪的眼睛又不时专心地看着这个男生。很显然，女生喜欢着这个男生。

　　酒端上来的时候，女孩刚好去厕所了。店员小芳好奇地问了男生一句："那女孩是你的女朋友？"男生一听，连忙摇着头说："不是。"我突然意识到，也许又是一段"你喜欢上我，我还不那么喜欢你，或者不能喜欢你"的故事。我想，在这个女生的世界，简单地和他一起吃东西，便足以让她高兴和产生幻想了。

　　后来的故事会怎样呢？在一个孤单的城市，会不会发展成一种暧昧关系？两人是否会尽情享受在一起的所有时光。从沙滩到田野，从白天到黑夜，在碧海蓝天的柏油路上，在充满花香的院子里，日子美得像童话。

　　某一天，其中一人从现实中醒来，找一个借口，用柔弱的坚强，一刀两断。故事看似结束，殊不知留下了一生的符号。你说我无情无义，我说我看到了结局。时光流逝，记忆总在将来的某一瞬间被打开，你我幸福地淡然一笑，不依恋，不回头，便是足够好的了。

　　爱的节奏有时不一致，叫人疲惫。在我犹豫的时候，你坚持；在你放弃的时候，我执着。如此牵扯着，藕断丝连。

在你的一生中，有没有一个你始终没有机会说再见的人，直至遗忘都没有好好道别。后来的一天，擦身而过，泛起涟漪，自言自语，"那个人，似曾相识"。爱情的世界，两个人，顺其自然地我爱着你，你也爱着我，便是最好不过了。

有一些事一些情，直至多年以后翻阅曾经的简讯，才突然明白。她曾经深夜发来的那首歌《你还要我怎样》，其实不是说说而已。

那一场陪伴的浪漫，那一句风中说出的"喜欢你"，书写了一生的爱情故事……不过总有人，直到如今，都不敢想象后来如何离场。无论结果如何，在爱情里勇敢的人，总是容易多一些幸福的。

勇敢地追求你想要的爱情吧。有一篇散文，它这样说道：追求爱情就如沙滩上寻找贝壳，人总希望找到最好的一颗。但，沙滩那么大，你穷尽一生也走不完。你努力寻找过，拥有过，甚至丢掉过喜欢的贝壳。直至一天，再次幸运地发现，就要好好珍惜了。然后，坚定地离开，不要再来了，也不再好奇和打听，那里还有多少的绚丽多彩。可是，有的人，他/她的爱只在过去和未来。

其实，爱情更像一本书，总有写不完的结局。

"你的爱情有过遗憾吗？"
"嗯，只不过后来，我们渐渐忘记了，忘记了遗憾什么。"

听人说，经历过一段刻骨铭心的感情，后来的人生是幸福的，至少是平淡的，那便足够了。不过，如同电视剧结尾的提示，后来的平静，已是多年以后了。那是，记忆和时间的约定吧。

直到某一天，那个人的"我要结婚了"的简讯，让你的心隐隐作痛，一整天，都有点怅然若失了。

有段日子，你说不爱看爱情剧了，故事落幕，却总没说完。自导自演过后，发现故事的结局总未如剧中那样。现实中，总有不太理想的爱情……爱你的人你不爱，你爱的人不爱你，一次次幻想得来一次一次失望，直至筋疲力尽，也百思不得其解……随着时间的流逝，最终只留下没有情绪的记忆。

或许，你们身处异地，饱受相思之苦，时间消磨着所有的美好记忆；或许，你在不适当的时间爱上了错误的人，受道德观念的束缚，无力改变；又或许，你们激情退去，感动不再，生活的琐碎开始占据你的记忆，你不止一次怀疑，是否还存在爱情。只在，几杯红酒过后，重温一下逝去的感觉。你说："要不是……，早就分开了。"于是，在偶尔的低落和失眠中继续，悄然地生活，走过余生。

有时，太多的美好，最终却换来你痛哭一场。后来，剩下一场回忆。

有时，你苦笑，青春年少时为什么那么喜欢那个人。现在看来，简直不可思议。

"你还是单身？"

"是的。"

"你条件那么好，是不是要求太高？"

"不知道，可我就是不爱对方，怎么办？"

"你试着去了解，有一天会爱上的。"

"这么神奇！是后来记忆变了，还是激素变了？"

"都变了。"

"肯定会爱上吗？"

"不肯定，爱情本来就是一场冒险。"

"好吧。"

爱是一种情绪，或是上帝为了繁衍后代而制造出来的东西，让多少男女纠结、幸福、痛苦，无论你是哪个民族，无论贫富。但时间太伟大了，伟大到使一切东西成为过去，终归于平静。

有人说，你爱一个人的时候，是真的在爱，你不爱的时候，是真的不爱了。只是，你有足够的勇气说出来吗？连电影的主角都要铺垫，找一个对方先犯错的借口，才能挣脱所谓的道德束缚，再爱上另一个人。

分手的那个下雨天，像在重复昨夜的音符，"我最大的遗憾，是你的遗憾与我有关"。

情绪总会从你的大脑消逝，无论它曾经多么刻骨铭心。歌里说，用一年的时间努力忘记一个人，从失恋的痛苦中走出来的人，都是伟大的。清晨，又一道懒散的阳光照进窗台，心里开始无比期待，下一个遇见的是谁。

又一个春夏秋冬

    门前开始落叶满地，大自然在追求一种平衡，炎热的夏天过去，又一个寒冬即将到来，让你暂时忘记阳光和晚风。阴冷的天气让人喜欢窝在沙发，关上门窗，不被打扰，沉醉在回忆中，或投入一场春暖花开的电影中。

    "萧瑟"总是这个季节的符号，寒风吹起，连绵不断的小雨，街头越发冷清。我习惯捧着一壶热茶，站在二楼的窗前，看着街上匆匆过往的人……当悠扬而略微忧伤的萨克斯曲传来，孤独感悄悄涌上心头。这个时候，偶尔会留意远处的车站，恋人们分别时的紧紧拥抱，深情吻别，留下一方凝望着另一方远去的身影，徘徊不舍。车轮上的水滴溅起又落下，映照着空荡荡的你……是呀，分分合合在我们的一生中不知要上演多少次，离别后渐渐平淡，却又期待下一次相聚。情绪，总是不安分守己。

    但，你未曾想过，有些总以为会再见的分离，却是一辈子了。站在巷子尽头的中年人，我看见他转身掩面而哭。

    "门外若无南北路，人间应免别离愁。"我记得你说过，江湖再见。不知为何，突然想起了电影《大话西游》里最后离别的场景，孙悟空转身的画面，是勇气，还是无奈？

    在这寒冷的冬日，我希望那个还沉浸在离别忧伤的人能走进店里，在暖和的屋子里，放一首喜欢的歌，一起聊聊我们本来就该平淡的一生。最后，不忘告诉你，冬天是一定会过去的，一定的。

其实，现在的冬天对我来说是不错的，烤吧里总不缺少应有的热闹，能在这里找到一种温暖的感觉，便觉得很好了。

偶尔，远方传来了一段柔和的钢琴声，美若黎明。散落的每一个回忆，都是美好的。可惜，我无法将音符写出来。唯有，到处暗藏歌名和歌词，希望你我一起聆听。

这一天，独自窝在二楼角落看一本关于猪的历险记的书，连续听到几首风格相似的音乐，之前都未曾听过，这更让我陶醉其中。就像在一个寒冷的冬日，在一间温暖的小店突然遇到一位老朋友，聊一些很远的事情。

我忍不住走到前台问小芳是谁播放的歌曲，她说："是今天过生日的客人点的，现在播放的是《乱红》。"然后指向一位坐在后面的女孩。那个女孩穿着一件画着很多兔子图案的衣服，正喝着一杯白葡萄酒，看着窗外。

我带着一丝紧张走过去，对女孩说："我很喜欢你点的音乐，小兔子。"她转过头看到我时愣了一下，许久才回过神来。"你让我想起了一个朋友，不对，是我的亲人。"她自言自语。我来了兴趣，指着她对面的座位，她笑着点点头。

"你是说你的男朋友吧？"我好奇地问。她却转过头，看着窗外又下起小雨的天，并没有介绍自己，而是直接说："我们认识好多年了，认识的时候也是下雨，但那是一场大雨。"

我尝试笑着问她："我能当一回记者吗？"她还是笑着点点头，自言自语般地讲起了她的故事……

"可能我还没忘掉那个他吧，回忆总是一件很奇怪的事情，在那些快乐的回忆中，我并不愿醒来。可是，在爱里念旧也不算美德……耳机里的歌词时常在提醒我。

一旦停止回忆，现实的孤单，又让我对未来感到彷徨，这种反差会让我抓狂。所以，找一个不需防备的陌生人倾诉，让自己可以在回忆和现实中随意切换，反倒是一件很享受的事情。

一起生活过的人，性格总是会变得有些相似的，我们就是。

大学暑假有一次做完兼职回校时，因为不小心坐过了站，到了另一所大学。我突然想起，这里有一个认识但没见过面的朋友，这个无聊的夏日，正好可以跟他一起逛一逛。没想到他刚结束暑期的义教活动，也在学校。于是，我们约在学校的小卖部见面了。第一眼看到他，高高瘦瘦，阳光落在他的脸上，突然有一种恋爱的冲动，真是神奇。他傻笑着自问自答：'我是不是有点黑？可能是经常打球的原因。'

人总是对第一次接触的东西印象特别深刻，我甚至现在还记得那天我们在哪家餐厅吃饭。饭后我们在学校闲逛，天色开始暗下来，他开心地指着校园里那潭湖水说：'看，上面漂着荷花。'

后来我们才知道，那不过是漂着的一些垃圾罢了，后来每次我们重返校园都必定会拿这件事情说笑一番。

闲逛到后来，突然下起了大雨。我们跑到已经闭馆的图书馆的屋檐下躲雨，周围没有一个人。偶尔闪电划过天边，空旷的校园显得很安静，我们没有再说话。我想眼前这个人还是不错的，没有夸夸其谈，也很有礼貌……一直等到雨停，我才匆匆赶去车站。自此以后，我不再害怕深夜的闪电了……更神奇的是，我对夜晚的大雨有了一种特别的情感，却总是说不出缘由。

生活很简单，简单到我们很容易就投入一件事情。我们的生活回归每天的上课，周末他继续打球，我继续兼职。我们的记忆没有太多的纷扰和束缚，也没有太强烈的期望。

别人问起我们是怎么认识的，我俩总会笑着说我们是在网上认识的，然后略带自豪地告诉他们一些自以为浪漫的相识故事。

因为不在同一个学校，我们的联系越来越少，快要毕业的我们都开始忙着找工作。我想，这个人也许会如同生命中遇见的很多人一样，渐渐消失。'人生如戏，认真你就输了'，偶尔，脑海会弹出这句无厘头的潜台词。

我从来不相信缘分，直到我们在同一家公司面试时再次相遇。两个人走到一起终究是要靠缘分的，或许，相识本身就是一种缘分了。后来，我又懂得了缘分是有限期的，老天只能帮你到这里了。

打那以后，我们便经常见面了。他在毕业晚会弹奏吉他时，我坐在最前面当他的观众，看到了他充满爱意的眼神；他收到心仪的工作录取通知时，第一个打电话告诉我；后来，在跨年夜倒数最后一个数字时，他轻轻拉住了我的手，我没有拒绝。

六月的夏天开始燥热，毕业季到了。我对大学并无太多依恋，我甚至觉得挣钱是一件有趣的事情，而他对大学总是依依不舍。或者，大学留给我们的记忆完全不一样吧。记得在他毕业典礼的那天，我刚好有个展会活动，所以我没有去参加他的毕业典礼，只是提前送了他一件白衬衫。

'爱，不过是两个人分享一样的空气，留下一样的记忆'，通俗一点，'爱，是两个人要一起吃好多顿饭'。我们总爱这样说。

刚工作时我们在同一个城市，他晚上会在车站等我下班，每次在车站看到他的身影，总有一种说不出的开心。周末我们常跟着旅行团去各个不知名的海边玩。记得日出的清晨一起光脚走在沙滩上的感觉，凉爽的风带着海水的味道……在夏天，我便期待和他一起在寒冷的冬天看雪了。那些日子，好像走完了一个世界。

有一次旅途中《康美之恋》留下的画面和音符，常常是后来所有记忆的终点。可能，这些只是后来的回忆，当时的我并不觉得如此。我们所有的回忆都是失真的，它取决于现在的心情和环境，不自觉地做了截取和修改，那些删掉的画面和情绪，你不知道，也不想知道。

人若变记忆，便迷人……

有一天，他告诉我，他想要离开现在的公司，且已找到了新工作，可新工作在另一个城市，他问我的意见如何。我是一个独立性很强的人，我觉得男生应该以事业为重，看到他犹豫的表情，我笑着劝他说：'你勇敢地去吧。'我想，他需要更多的磨炼和成长。

他就这样走了，离开的那天，我们公司正好有聚会，我没有去送他。他后来才告诉我，他一个人在车站角落的椅子上坐了很久。或许，对这里依依不舍，又或许，他知道离开会意味更多。

多年后我才懂得，当一个人问你意见时，他在期待着你说一句'留下吧'。虽然无法获取对方的记忆，但一定要站在他的角度给出建议，才会更谨慎，也更客观。

我的爱情，有时候像一首歌。有时觉得动听，有时觉得单调，但它一直是那一首歌。

后来的他出差越来越频繁，我们之间越来越远。有一天我也被派到国外的一个城市工作，见面就更加少了，一年能见上两次便是奢侈的了。可是，我很享受一个人的自由生活。

那一天，我结束了一个人的旅行回到家，习惯性地查看电子邮件。突然收到了一封两年前刚出国时给自己设定的邮件，内容是：'如果收到邮件这一天我还没有下决心，我是不是不爱他了呢？'窗外的大雨突然停了，一道彩虹出现……我好像获得了某种力量的支撑，一种追求洒脱的勇气开始充斥大脑，我忍着泪给他打电话：'我们的追求不同，我们要不做回朋友吧。'过了许久，他回复说：'好吧。'"

她说完，也将她从美好一下子拉回现实，这种矛盾让她看上去很痛苦。她深呼吸，一口气喝完了杯中的酒，然后苦笑着说："酒其实并不好喝。"她只是希望能快速地从回忆中抽离。

我让小芳换了一杯鸡尾酒，我想应该会好喝一点。窗外正好传来一句："深爱了多年，又何必毁了经典。"直到情绪缓解，她才继续说。

"恋人之间要说出'做回朋友'几个字是多么艰难。'我们约定谁遇到更合适的人，就祝福对方吧。'我流着泪回复他。总之，有些路，是要一个人走了。那天之后，我再也没有他的消息了。也许当时自己只是一时的任性，我以为他会挽留，他以为我不会走，现在懂了，有些时候，是不适合任性的。

终于有一天，我剪短了头发，对着满天繁星大醉了一场，就像是一个自己设定的分手仪式。我告诉自己，从今不再留恋过去，到此为止。前几天我才发现，分手的那天，正是我们第一次见面的同一个月同一天，有些事竟如此巧合。"

"他现在应该遇到更好的人了。"说到这里，她竟像孩子一样大哭起来。今天顾客不多，我没有阻拦她。她擦干眼泪，喃喃自语："我希望，那天没有坐过站，没有坐过站……"但，我有些怀疑。

在她准备离开时，窗外雨过天晴。我对她说："你还会找到下一个陪你产生美好的人，而且走得更远。过去的都是风景，留下的才是人生。"她终于微笑着说："在爱情的世界里，所有人的出场时间太重要了。不过，我会狠心把回忆删掉，最初不相识，最终不相认。"

说完，她走了，高挑而略显单薄的身影投射在墙上，如同她曾经的存在，只是她未曾转身，身影便消失，没有一丝留恋。我明白，她的痛苦来源并不只是回忆和现实的差距，而是随着年龄的增长，对未来产生的恐惧。我真心希望对的人快点来到她的身边，让她的这种恐惧成为过去，不再出现。

　　有人说，时间只会一直向前走，没有尽头，只有路口。未来的日子很长，你要和谁过一辈子，无关别人，要负责的只有自己。

　　如果可以，我要建造一个美丽的伊甸园，让所有找不到爱情又彷徨的人，住到这里。

　　我又想到一个主意，我要将烤吧变成一个相识的地方，其实就是相亲角。如果谁想尝试寻找爱情，可以在本子上写下条件和期望。我特意买了一个拍立得，甚至可以将照片贴在上面。当然，有一天你找到了爱情，或者不想寻找爱情了，你告诉我，我撕掉即可。

摸不着头脑的爱情

　　这发霉的阴雨天，音乐让我可以胡思乱想，然后坐上一整天，这样一辈子并不长。店里一个人也没有，在靠窗的桌子，我翻出一本快要被客人写满的情感笔记。这个位置能看到高大的桉树挨着远处的天空，回忆总是多一些的。

　　客人1："你爱我还是他……"在循环，店长是读懂了我的忧愁吗？

　　客人2：后来一起的，不是那个朝思暮想的人，而是一个让自己安心的人。当然，如果你足够幸运，找一个皮囊好看，灵魂也有趣的人吧。

　　客人3：都说忘记一段感情，要不靠时间，要不靠新欢。所以，我坐这里耐心等着。然而我有一种预感，我要孤独终老了。我的思想变得有些难以理解，"不需要爱人了，有一个小孩子就够了"。

　　客人4：那一夜的温情、不经意的冲动，有了一辈子隐藏的记忆。仿佛，骗过了岁月，恍惚了时光，剩下了自己。

　　客人5：爱一个人，时刻想见他，总想触碰他的身体，总想闻着他的味道。我坐在这里很久了，开始感到一丝孤单，你的声音从冰冷的电话里传来，变得不那么温暖了。

　　客人6：送你到家门口的那一天，情不自禁地吻了你，浪漫的气氛让人更勇敢了，还是我们寂寞了呢……"一吻便偷一个心，一吻便杀一个人"，歌轻轻唱着。

客人 7：我记得你那样爱着我，风从窗边吹过……也许，是我记反了。莺飞草长的日子，又满心期待，未来一起浪迹天涯的人会是谁？

客人 8：从未想过，有一天变成了骗子，又有一天，开始了自我惩罚。*We all lie* 在萦绕……

客人 9：我做了一个可怕的梦，梦里出现的不是枕边人。有个秘密，我不小心爱上了另一个人，但是我不会告诉任何相识的人，永远不会，有一天悄悄忘记便好了。只是，不知爱人是否发觉，我的吻没有以往热烈了。

客人 10：走过千山万水，我不说不代表我忘记了。谢谢你，是你让我变得更好了。一件好的作品，定有你的身影。

客人 11：在爱情里，没心没肺总是要显得快乐一些，谁能真正做到呢？错过你之后，我的世界全是孤独。

客人 12：有人说，只有你也想见我的时候，我们的见面才有意义。我很快乐，坐在这里等他。奇怪了，此刻店里的音乐是如此动听，窗外的阳光美得不像话。

客人 13：我没有故事，可我不想走，窗外还下着冰冷的雨……

客人 14：生活的无趣和沉闷，总让人冲动地想做一些疯狂而刺激的事，给快要变成木偶的身躯注入一点情绪。

客人 15：我孤独地坐在这里思考，我是应该害怕一个人的孤独，还是两个人的相对无言呢？如果有人可以告诉我答案，那就好了。

原来，店里来过一位爱情使者。

我在看一本没有任何署名且故事真实的书。交错的爱情，无人能看清多少。我想了想，便在本子的最后一页加了一句话——一个雨天和兔子有关的熟悉的故事。故事的主人公是她也是我。接着，便将这个写满笔记的本子收藏，放到了柜台的里头。

我在更换新本子的时候，又萌生了一个想法。我在新本子的封面写了一段话：你可以在所写内容后面留下一个数字，店长会将这个本子和数字记录下来。将来，只要说出这个数字，便可以找到这个本子。说不定另一个人也记住了这个数字。

　　七月的一天，我又回到校园。张开双臂，躺在校园的青草地上，记忆尽情倒带……那一年的一天晚上，有个女生拉着自己到隔壁学校旁听一门心理学课程，我依然记得课堂上老教授说的一句话："我们的婚姻到了最后，不咸不淡，好像朋友一样。"虽然这句话会让人有点失落，却是真实的写照。老天创造了男女，让你们产生激情，有了下一代，使物种得以延续，至此，老天的使命就完成了。当激情退去，关于后面的一大段生活，它却撒手不管，留给你们两个去解决了。所以，"恋爱凭感觉，婚姻靠经营"是有道理的。

　　于是，有人靠的是陪伴，有人靠的是承诺，这都不算是凑合了吧。坐在后花园的台阶上，阳光正好，一旁是能够与你分享感动的人，这本身就充满了爱。有些人，当感情已成前世，选择了一生孤独，而我却没有如此勇气。

　　时光慢慢悠悠，有一只飞鸟划破长空而去，带来一道金色的光芒，不知它遇到了谁，忘记了谁。过去的爱恨情愁，便在这绚丽的晚霞中，渐渐消逝……故事的尾声没有《齐天》里唱的飞扬跋扈，没有轰轰烈烈，没有豪言壮语，如同午后天边的云彩轻轻远去……我决定不等了，纵使那是一场冒险。

　　我："你，还好吗?"

　　你："还好。"

　　剩余的记录是无尽的空白，记忆戛然而止，就像夜深两个不相干的环境突然变换。

　　我不知道我是谁。如果云知道……

约　定

　　随着年龄的增长，我们反而变得胆小，小时候的好奇心不见了，冒险精神也消失了。或许是我们经历太多后，认为这个世界处处是危险。或许，只是我们累了。

　　初夏的一天，迎来了一次毕业后的大聚会，几乎所有同学都来了。晚上大家再一次品尝校园夜宵，吃完后一起去操场，仰望夜空中最亮的星，我们都不说话。我们依然简单，简单到只是聊聊过去，就很开心了。原来，曾经害怕一去不复返的日子，一样可以重来。还记得毕业时黑板上写的"时光不老，青春不散"……

　　这一天天气很好，余晖透过玻璃窗，投射在窗边的一排桌子上。电台有人点播《我记得我爱过》。我有了分享美好的冲动。也许，是寂寞的缘故。

　　这是星期一，我们总是在这一天很忙，甚至显得有些忧愁，像到了人生青黄不接的阶段。

　　有些朋友很久没有联系了，也许在忙，也许在假装很忙。越长大，我们便呈现一种叫不主动的"佛系"性格，感觉什么都看透了，不感兴趣了。甚至有一种超脱观念，持一种无所谓的态度。然后，出于各种原因，我们越来越习惯一个人了。

　　天色慢慢暗下去的时候，李宗盛的歌声像是在讲着一个故事，让人思绪涌动。

我在前台胡思乱想的时候，一个外表清秀的女孩推门进来。最后一缕阳光正好落在她的脸上，头上的蝴蝶发夹反射出来的光线很漂亮。虽然没有看清她的面容，却感觉到她在朝着我微笑。

　　她背着一个旅行包，穿着运动鞋，像走了很远的路程。我走过去好奇地问了一句："你是过来旅行的吗？"她只是笑着点点头，没有说话。点了东西后，就一直专注看着窗外了。她好像有一个属于自己的世界，也许在回味过去的一段旅程，也许在期待下一段行程。突然，有一段非常微弱的记忆跳出来——旅行，我记起了，我们曾经的约定。

　　我们有太多的记忆，一直被尘封在大脑深处，有一些偶然被记起，有一些就像不曾存在一样。也许，时间犹如咏叹调一样长。

　　记忆粒子开始累了，开始想让思想停下来了。对，让身体忙起来，让自己跑起来，一直在路上，是减少胡思乱想不错的方法。

　　我富有诗意地问："如果消失一周，你想带上最爱的人去哪里？"她不假思索便回答了。我接着问："如果消失一周，你最想带上谁？"她却笑而不语，沉默了许久。

　　日子过得太快，快到让人心慌。我怀着忐忑而激动的心情给当年约定旅行的小伙伴打电话。可是，我打出第一个电话就被拒绝了。也许，大家以为我只是说说而已，所以很坦诚地说："旅行的意义有多少呢？结束后还不是要回来继续生活，继续工作？而且还会让家人担忧。"挂了电话后，我有点慌乱，好像刻意隐藏的问题被他发掘出来了，让我打消了旅行的念头。

　　有时，一个梦想和计划的破灭，就那么简单，简单到只因别人的一句话。

有一天半夜，我突然接到小薇的电话，虽然平时偶尔联系，但半夜打来电话，还是让我感到事情重大。我忍着困意睁开眼睛听她说，她告诉我她分手一段时间了，加上最近身体不好，工作也不顺利，很是烦恼，而我只是半梦半醒地倾听着。我突然想起，我有个旅行计划，于是问她要不要加入。想不到她竟马上同意了。有时，一个行动的开始，也就那么简单。

她的同意燃起了我的希望，抱着试一试的态度我又打电话给建哥，他是一个有幸福家庭的人。我说了当年约定的事，他并没有惊讶，只是告诉我一时决定不了，直到傍晚他才回复："我要和你一起出发啦。"我想他是去和家人商量了，既追求自己的梦想，又不逃避责任，我想这是榜样吧。接下来我给杰哥、发哥打电话，他们都答应了，也许是因为建哥同意的原因。有时，我们大多数人做决定，都需要旁人给予力量，以增加做决定的勇气。

你，有成为别人榜样的勇气吗？

就这样，我们约定了即将到来的春天旅行。

我们都有过一颗流浪的心，飘向远方。它常常只是一刹那的冲动，像天边划过的流星。我很庆幸，在最后一点微弱的星光快要消失时，抓住了它。

时过境迁，每一样东西都在改变，这是宇宙的定律。甚至一个人的伟大与成就，不过是刚刚好的变化，被你遇上了而已。

我喜欢迎着晚风走路，风的混合物伴随着呼呼声，除了大声歌唱，我什么都不想做。

我们选择了骑摩托车的旅行方式，其实这是过去的选择，只是现在行动而已。我们约定用一个月的时间去选择和购买自己心仪的车，而我早就有了选择，类似宝马 K1600 那种外表够酷的摩托车。

这段日子，我的内心非常激动。一是当年的约定马上就要实现了，开始一段快乐的旅程；二是因为激动而激动，没想到一颗平静如水的心还能焕发生机，像小学生一样，对明天的出游无比期待。还有，我好奇会不会遇见一个孤独的旅行人。过了几天，我买好了车，最终选择了外形中规中矩、价格适中的一款。现实和梦想是有差距的。但是，每一种结果都有自身的理由和意义，只不过在另一个时空，你没有猜到而已。

黄昏时分，我忍不住戴上墨镜骑上新车迎着晚风出发了。沿着 32 号公路一直骑到市中心，初春的晚风总是很凉爽……我停在一家花铺，买了一束鲜花。沿着城市的道路往回走，灯光渐远，繁华散去……我是幸福的。

看到这帮老友时，发现他们都有些变化了。也许是太久没见了，小薇兴奋地说："我们终于又凑到一起'犯二'了！"杰哥倒富有哲理地说："人生不折腾，和咸鱼有什么分别，不过接下来的计划呢？""我们这群'老油条'，要不先吃个饭，整个隆重的仪式再出发吧！"建哥笑着说。发哥还是老样子，他指了指对面的金色招牌说："我们要不要先去按摩放松下，一是作为出发仪式，二是为自己加加油。"黝黑的他还是一样的乐观，难怪可以在非洲外派工作那么多年。我们不问境况，就像回到了当年一起喝酒说笑的日子。我知道，我们还是我们，时光只是使我们的容貌发生变化，幸运的是，我们内在的东西没被后来的工作和生活改变，我们依然年少。

发哥说："要是我老婆也能来参加就好了。"这对新婚夫妇还处于热恋期，即使短暂分离也充满了思念。建哥洋溢着幸福说："要是我女儿能来就好了。"我转过头时，却看见杰哥的眼神中有一丝忧伤。

午餐过后，我们就正式出发了。骑车行驶在开阔的马路上，这时正值五月，微风吹动发丝，阳光落在每个人的身上。前方发哥播放的音乐 *Marry you* 从耳边飘过，正好从后面传来另一首 *I do*……此刻，心情如同一个即将结婚的青年，充满期待又激动不已。这种感觉，我想我会一辈子记得。

一个人幸福的状态是，忙着一件自己喜欢的事情。

大家都没意料到，行走了许多天，路途一直充满阳光……

这一天，我们计划去天堂镇。出发时，天空突然变得阴沉，但我们一致决定继续前行，性格相似的人是更容易相处的，至少会少很多争执。

距离目的地还有一半路程的时候，突然刮起了大风，乌云密布。面前有两条路，一条是泥泞的近路，一条是远很多的柏油大路。

经小薇分析后，建议大家走大路，但她拗不过我们的冲动，最后还是走上了泥泞近路。群体总是有一种神奇的力量，当三个以上的人凑在一起，每个人的胆子好像都会变大。

走了一段路后，我们都没说话，气氛有点紧张。这段泥泞的路正好处于一段山腰中间，没有任何避雨的地方。突然，雨点大颗大颗地落下，有点看不清路了，而且雨点打在身体上都能感觉到疼痛，加上闪电不断，路上除了我们没有其他人，我们开始害怕了。但时间不会因此停止，面对是我们唯一的选择。

我们在艰难中又走了一段，杰哥的车子突然左右摇摆，跌倒泥潭中。我下车去拉他的时候，脚下一滑，也落到了泥潭中，还不小心把一旁的建哥和小薇也拉了下来。我们忍不住大笑起来，干脆打起了泥仗，快乐得像一群小孩。

这让我想起有一年在意大利旅行，一个下着倾盆大雨的夜晚，因为不熟悉租来的车子的性能，以最高 30 公里/小时的速度开着车从罗马前往佛罗伦萨。直至半夜才弄清楚操作，恢复正常速度后的我们兴奋得一路高歌……我记得车窗外，雨后的山和湖出现在月光下，车子在一望无际的公路上狂奔着。

好像，所有旅行留下的记忆，到了最后都不只在风景，而在于路途中的那些故事，还有那些人。

谁说，我们走了很多曲折的道路，便认定当初是错误的选择？在很久的后来，谁说那不是一种美好的记忆？即使它曾经显得不那么美好。

接着，我没有缘由地兴奋了起来……进挡加油，车在风雨中飞驰，我情不自禁地大声歌唱。没人听得到，没人听得懂，我尽情地唱着，唱着那些不着调的音符，就像回到了那个遥远的国度。

我知道，并不是每个人都像看上去的那么幸福，就像有人已经开始回忆，开始假设，如果当初选择了另一条路，是否不一样。

终于，我们带着满身泥土，来到一个村口挂着牛头的边境村庄。雨已经停了，空气的味道变得清新。中午的村庄没什么人，安静得可以听见鸡鸣。

路过一个用篱笆围住的小院子，我看到一位老奶奶弯着腰在专心地晒着腌鱼，院子里长满了小菜花……老奶奶有着记忆中外婆一样的慈祥。她是不是在某一天来到这里，翻土、播种、施肥、搭架、收获，顺应时节的每一天都在忙着，在这个小院子里播种幸福。我突然有点感动了。

我们在老奶奶家换了衣服，便来到一个溪水旁的小石滩，开始了野餐。发哥做起了烧鸡，另一边，小薇也煮起了蔬菜，而我做起了啤酒鸭。注视着左右摇摆的火苗，我的思想开始放空，好像掉进了另一个世界。周围太安静了，鸟叫声从沙沙作响的小竹林传来，香气向四周扩散。

吃完东西，我们坐在一个青石阶梯上，没有人说话，静静看着远方。远处的田野里，几个农民弯着腰在专心地干农活，落日余晖将他们的影子照射得很长很长。

我暗自想起，当年小薇刚工作时，常常因为工作没做好被训斥，甚至在办公室大哭，而现在毫无怨言，快乐地感受着一切。于是，突然好奇，大脑的累和肉体的累孰重孰轻呢？可能那是无法比较的，你觉得累就是真的累了。依稀记得小时候，有一天傍晚躲在门后，看到刚干完农活的叔叔抱着头坐在角落痛哭。他或者在想，"接下来的人生都要这样劳苦了"，那是不是一种无尽的绝望？

多年以后，你还记得那些你痛哭过的事吗？背对着夕阳走，希望你还能遇见阳光。

偶然你会发现，某件你一直担忧的事不知不觉过去了。时间很厉害，任何事情，无论好坏，总会过去。如果没有，那不过是时间还不够长而已。你要做的，是不必耿耿于怀，要学会放过自己。偶尔，我们喜欢临危不惧的人，喜欢专注去做一件事的人，那是榜样。

傍晚时分，又下起了淅淅沥沥的小雨，终于找到了一间小咖啡馆，我们有一种从茫茫大海中看到港湾的兴奋感。令我意想不到的是，隔着窗户，又见到了那个女孩。虽然没有看清面容，但头上闪亮的发夹，我很肯定就是她了。跟之前一样，她独坐在窗边，桌上是一杯热气腾腾的茶，就像在等待一个说了再见的人。

咖啡馆门口的牌子上歪歪斜斜地写着"欢迎不赶时间的你"。我们挑了一个靠近角落的桌子，聊着刚才的冒险，开始商量晚上的落脚点，但结果总是随心所欲。

我很庆幸遇到这样一群伙伴，即使对一样东西不满意，总是会以玩笑的方式抱怨几句，便轻松过去了。我们已经懂得有些困难，并不是谁的错，苦中作乐是一种智慧。这大概与我们有过相似的生活环境有关，经历相似的人总是更加惺惺相惜的。

　　外面下起了大雨，咖啡馆灯光较暗，使时不时的闪电清晰可见。伴随雷雨声，店里放了一首歌，我至今还记得那句歌词"而我听见下雨的声音"，声音很小，有种从远方传来的感觉。这样的氛围总是很容易勾起人的回忆。我想是自己有点困了。

　　歌曲快结束时，店员才从后面的门出来。我们每人点了一杯咖啡，并且很快就送上来了，店员一句"慢用"后就笑着走了。

　　杰哥喝着咖啡，盯着窗外的风雨，突然笑着说："你看，街那边有个人撑着伞在等人，已经站了很长时间。我好像已经好久没有感受小时候那种小步快跑去迎接一个人的快乐了。"接着，杰哥竟不自觉地说起了他的往事，那些美好而简单的过去。

　　当然，这种美好来自现在的回忆。我们的回忆或多或少是失真的，它受现在环境和心情的影响，不自觉地做了截取和删减，至于那些删减的内容，我们不知道，更不愿意知道。

　　梦里有人在祭奠，那些随风飘去的记忆！

　　我们的爱情有太多"刚好"。刚好事业遭受挫折，你不在身边；刚好身心疲惫，你自顾其他事情；刚好激情退去，开始相隔两地；刚好吵架时，身旁多了一个安慰的人。如果没有这些"刚好"，也许就不一样了。对，这个"也许"，就是所谓的缘分吧。

　　"我想，我余生不会再有爱了。"说完这句话，杰哥便很久地陷入了沉默。

　　过了一会，建哥开始安慰他："人的坚强不只是学会放弃，而是忘记过去，在纷扰的社会，要学会忽略流言蜚语，勇敢面对未来。"

但，"余生不会再有爱"这句话，我竟记住了。对，那个靠窗的女孩，不知什么时候走了。

我们继续小声聊着，不在乎时间流过一样。借着外面的大雨，我们聊起过去淋雨的经历。而我记起了高中一场雨中的篮球赛，在一个没有烦恼的夏日午后，一群少年拿着篮球冲到了球场，在雨中尽情奔跑……那些简单的快乐啊，未曾想到有一天会成为我们怀念的过去。大自然的力量在于，它的变化经常牵引人们的记忆，让我们再次感受那些活过的精彩。

那位靠窗的女孩一定也是一种自然的力量，她自顾生活，却在不知不觉中牵引和影响着我们。或者，谁说不是一种相互影响的结果呢？

聊完过去，我们开始计划明天的行程。准确来说，是猜想明天会遇到什么新奇的事情。其实，这不是好奇心，而是一种美好的期待。对，我期待明天公路旁的田野，期待闻到油菜花的味道，这是一种幸福的感觉。想到这里，连咖啡店都散发着一种花香。

我们好像终于不疲劳了，身体变暖和了，困意却涌了上来。

旅店窗外的夜在灯光下显得有些朦胧……有一个人徘徊在大雨洒下的街头；还有一个开车的人在等红灯，他的左胳膊肘搭在车窗，手轻捂着嘴，像在痛哭……

夜深时分，隔壁房间隐约传来了杰哥的抽噎声，即将步入不惑之年的他，不曾有人了解他的烦恼。到处漂泊，谁懂得他心灵的孤独……生活的压力、工作的烦恼以及对未来的彷徨和恐惧，此刻正肆意地在他的大脑游走，人生好像到了青黄不接的阶段。建哥常说青春是最宝贵的东西，只是我们常常在后来才意识到。我想，青春是没有时间界线的，只要自己认定是，那便是了。

每个人都有太多的烦恼，好像谁也顾不上谁。我只希望杰哥流过眼泪后，能少些胡思乱想，多一点坚强吧。可惜，心灵鸡汤总是撑不了多久……

　　山外小楼一夜听雨，任由思绪游走，直至夜色清凉。
　　如果我正在放声大哭，
　　请不要试图阻止我。
　　因为，
　　我什么都不想，
　　在最舒服的状态。
　　你只需要，不说话。

　　一旁，建哥已经睡着，面带着微笑，也许入睡前想到了女儿说的一句"晚安"。

　　当"房东的猫"在耳机里轻唱着《春风十里》时，已经来到深夜两点。窗外有滴答的雨声，透过玻璃望去，一小块乌云后面，远处的天空在月光的映照下显得晴朗，世界变得如此安静。时间要是就这样停止，就好了。

　　正值多雨的季节，每天下午总会准时来一场雨，燥热的空气，容易让人心情烦躁。我们经过一个十字路口时，看到一个女孩被一辆车撞倒了，自行车和伞被丢在一旁，她躺着那里，痛苦而无力地看着我们，求助的眼神像是在诉说恐惧。我们赶紧拨了急救电话，并在她的手机通讯录中找到了其家人的联系方式。我们都没有救人的经验，不敢有太多的举动，只是帮她撑着伞陪伴着，周围好像突然安静了下来。过了一会，救护车到了，医生开始了紧急抢救，从他们的眼神中能看到他们内心的担忧。我想，每个人都是善良而伟大的，只是我们很多时候看不到这一面而已。

女孩的父母也来了，我看到他们害怕得双手在颤抖，紧张而担忧的眼神让人一辈子也无法忘记。每个人在家庭关系中承担了太多隐形的东西，而这些东西维系着家庭的完整。这时，我才开始感到害怕，这种害怕并不在于女孩的记忆被抹去，而是担心她父母后面的日子。如果有一种能力，可以将他们所有关于女儿的记忆抹去，会不会好一些呢！

　　医生将女孩抬上担架时，我看到她微微睁开的双眼，像在诉说着太多不舍。也许原本在下一个十字路口的约定，是一个焦急等待的帅气男孩。她的父亲握着她的手，不愿松开，人在最脆弱的时刻，只有被紧紧握着，才能驱散内心的恐惧吧。

　　我追寻着她的余光，不远处是一栋七层楼的房子，微弱的阳光从那边照射过来，有些梦幻……在看不见的记忆里，她一定想起了过去的温暖，一定憧憬了未来的浪漫，一定想起了小时候父亲牵着她的手走路的情景。闭上了眼睛，我不知道她在做一个怎样的梦，或者入睡与否。

　　一阵凉风吹过，我才回过神来，雨刚停了。我突然很好奇，她的记忆到哪里去了，难不成伴着这雨水，换成另一种方式随太阳散去了。"一粒尘埃随风飘飘荡荡，风停落花上，和她一起芬芳……没有意义，无所谓方向，不想怎样……"

　　人总有离开的时候，只是，这不是一个最适合的时间，因为你我的记忆都还那么清晰。我一直在追寻一种旅程，去时和回时，都是一样的幸福。

　　救护车走了后，我们继续前行，只是大家自觉地放慢了车速，然后开始讨论刚才那一幕。由事情发生的原因和事情的经过，延伸到人该如何活着，该追求些什么。我想起小时候，有一天晚上一个人放学回家，在路上看到了同样的事故，惊恐了很长时间。而现在心境不同，不只是因为长大了，更是因为有朋友们和自己在一起，能很快平息下来。

黄昏时分，落下的太阳被远处的大山遮住了一半，公路上除了我们，一个人都没有，我们都没有再说话。突然，路旁的大树上飞出一只乌鸦，哀叫着朝着余晖的方向飞去，我总觉得有不好的事情要发生，有些压抑。我问杰哥为什么会有这样的感觉，杰哥说他也有同样的感觉，这个世界上某些事物总是有一种神秘的联系，而我们无法说清楚。

晚风吹过时，我留意到，路上并没有期待中油菜花的味道，除了车前摇晃的灯光，是一望无尽的黑暗。所有思想好像突然停止，但，我清楚，自己并不后悔曾经出现的期许。

依稀记得讨论的最后结论：没有故事的人生是不完整的。我们一生都在拼命地影响别人，走不一样的路，努力留下活过的证据。只是走过了很长的路，究竟应该留下何种回忆呢？我想，应该是美好的东西吧。无论是否有人在乎，却能一直留在那里，直到最后。

那天，我们走了很远，停下来的时候已经是深夜，远处狗吠得厉害。在现实和梦境的边缘，我隐约记起，那个女孩的头上夹着一个漂亮的蝴蝶发夹，但又显得不真实。我分不清那是过去还是将来，抑或是一个梦。

要彻底忘记一个深爱的人，最好的方式是，在你的记忆里，这个人只在梦境中存在。最后以一个虔诚的方式，许下一个"你一切安好"的真挚愿望，便已足够了。

其实，当记忆和现实的关系开始慢慢割断，那些往事剩下的不都只是一个梦吗？

一个将要到来的尾声

后来，发哥因为工作先回去了，剩下的我们越走越远，甚至换乘了不同的交通工具。我们从天亮走到天黑，穿过了丛林，转完了神山，在稻城的天空下漫无目的，在独库公路上看繁星满天。在蓝得深邃的羊卓雍措湖边，双手捧起湖水轻拍在脸上，对着倒影喃喃自语。就像，在和那些一直纠缠的，而又依依不舍的记忆说一声再见。

我们终于到达的目的地，那是一栋蓝白相间的房子。房子有一扇漂亮的花窗，台阶前坐着一位饱经风霜的老奶奶，她意味深长地说："我在这里等一个人，可我丢了记忆……"其实，这根本不是目的地，只是我们开始有点累了。于是这一天早上，我们决定回去了，走一条和来时不一样的路。

有一天傍晚，我们经过一片还没开发的海，月亮正挂在天上，留下常青藤孤单的倩影。路边传来蟋蟀的鸣叫，犹如小学课本里描述的美丽夜晚。

一望无际的大海，水面波光粼粼，远处几点帆船的星光，只有海浪的声音。我们停下来，感受凉爽的海风，似是有点陶醉了。我们很快便会回到原来的生活，回到被设定的生活轨迹。远处传来歌声，孤独的人他就在海上撑着船帆……

假如，月光下有一台钢琴，无论是谁，此刻都一定可以弹出美妙的乐曲。

我总爱在最舒服的环境里记录文字，即便它是一个忧伤的往事。因此，我匆忙写下此刻的感想，用文字记录当下，我无意往前翻阅，它已然很长很长了。

过了一会，建哥苦笑着说："其实，我没有你看到的那么幸福，每天忙于工作，忙于应酬，忙于柴米油盐，什么都忘了。没有时间读书，没有心情陶醉于一首歌，没有闲暇去回忆，有些东西在悄然失去，连爱人的吻好像也不热烈了。唯有年龄让我学会了笑对一切，是生活告诉我的，快乐会过去，烦恼也不会长留。我也害怕变得麻木，害怕生活琐事，害怕失去。这次的旅程让我拾起了回忆，充满了期待，情绪有了起伏，谢谢和你们一起的旅行。"

旅行快要结束了，建哥提议："我们再做一个约定如何？等我们快老的那天，我们再来一次旅行，以便在以后的日子有一个期盼。或者，下次更疯狂一点，直接去浪漫的巴黎吧！"我笑着说："我们去康斯坦察吧，沿着海边一直到瓦尔纳，精力充足的话可以一直到伊斯坦布尔。那里沿途有一个美丽的海滩，弯曲的柏油路上有蓝天和草甸，在安静的夜晚萤火虫会围着你，那里的海风和今晚一样凉爽……"我一定是幸福地说完的，只是他们不解地看着我，好像我不过在复述一个书本里的故事。

夜渐凉，此刻，我更希望和一个亲密爱人，沿着前面的大海一路走去，直至明天的日出日落……

"你的思想，我不懂，就好像，我的思想，你不懂。"小薇对着我说，"其实那天打电话时，我几乎已经快发疯了。身在异乡的落寞，没有倾诉的对象，深夜充斥着绝望，加上分手后自己的胡思乱想，头疼失眠，烦躁得想自杀。生活没有了希望，连说话都是累的……不过，碰巧那天手机从桌子上跌落，便想起了你们这些朋友，也许能帮我短暂脱离这种状态。如果当时你没有接听，如果不是接下来的这段旅行，不知道结果会如何，至少痛苦的记忆很久都会挥之不去，谢谢你，真的!"

她又说："人真的没有必要想不开，你永远猜不到后来的你会怎样，即使此时你十分肯定明天是忧伤的。但是，生活总是让人出其不意。有时，我们真应该大胆一点，勇于改变。"她转过去，看着正在注视大海的杰哥。

是时候回去了。有时，出发时凉爽的风，会让你提前害怕回来时的失落。我一直在追寻一种旅程，去时和回时，都是一样的幸福。

离开时，沙滩上留下了几个长长的身影，黑暗中浪花的声音，牵起一个多年前晚上的记忆。在遥远的黑海海滩，在红酒的微醺下，伴着海上的明月，我们几个小伙伴像小孩一样在软绵的沙滩上快乐地奔跑，而你笑着说，想要一直跑到海里去。我们的身后只留下白色小桌上那一瓶夜半黄金很长很长的影子。

我忍不住要怀念过去的时光了……原来，只要不忘记前行的路，是不需要对所有美好的记忆说再见的。

我终于想起南哥的话，他说得并不对。我们做的每一件事情，若一定要先设定一个结果，并确定结果有利才去做，那人生很多事情都没有意义了。我们更应该关注生命的过程，偶尔做一些看似无意义的事情。你好不容易来人间一趟，总应该让自己多走一些路的。

路途的最后一天，我们高声唱着一首叫"星空"的歌。骑行在芬芳的小路，风轻轻吹过，感觉又回到一个过去的记忆点。它一遍一遍地重复，重复地追求着快乐。我们开始期待回到家，期待见到很久之前说了再见的人。是的，家比梦想重要，它虽然给了你束缚，但那种安稳的感觉，是其他东西无法给予的。

世界上最美的风景一定是在寻找幸福的路上……将生活过成

一首诗，只愿，走过了千山万水，在我回来的时候，你还在。

你有没有发现，在午夜时分，如果你快速从一个环境切换到另一个环境，心还在原处，身却在别处，这时会产生一种奇妙的感觉，好像梦境和现实在某个瞬间是交织在一起的。

回到家时已是深夜两点了，一个时常让人觉得神奇的时间点。我洗掉一身灰尘，躺在熟悉而舒服的床上，便开始迷乱。刚刚还在洒满月光的路上，而现在和很久之前的每一天一样，躺在床上，台灯在一旁泛着柔和的光。过去的旅程，好像发生过，又好像没发生过。

躺在床上睡不着，开始胡思乱想。最简单的人生也许是，在合适的时间做你想做的事情。偶尔，像其他动物一样，在寒冷的冬季长眠，在阳光晴朗的日子里奔跑。

记得有一篇调研报告，是对医院里即将离去的年迈老人进行采访，问他们平生最遗憾的事情是什么，几乎所有的回答都不是后悔曾经做过什么，而是没做过什么。所以，如果你有想做但没做的事情，那趁着还没到只能躺在床上回忆人生的时候，付之行动吧，向前一步，或许一切都会不一样。

你听说了那个人的幸福结尾，你看到了他幸福的微笑。可是，你不知道他省略了多少个半夜哭泣的故事，不知道他彷徨和崩溃过多少次。

我们追求的东西都不一样。

那个时候，好像全世界只有父母；

那个时候，好像全世界只有考卷；

那个时候，好像全世界只有工作；

那个时候，好像全世界只有爱情；

那个时候，好像全世界只有孩子；

那个时候，好像全世界只有自由。

不要懈怠，在该努力的时候努力；

不要迷失，在该勇敢的时候勇敢；

不要害怕，在该改变的时候改变。

终于懂得，从来就没有绝对幸福或者不幸福的人生。生活常常是，你既不是别人以为的那样幸福，也不是别人以为的那样不幸福。

有人说，生活如探戈，跳错了又怎样？

"别只顾陶醉在春光灿烂、泥土芬芳中，依然要记得撒下春天的种子，那样，在离别的秋天才可能收获一些惊喜。"我想起了临别时，建哥语重心长对我说的话。

深夜两点，悄无声息地，正在发生着一些你我一生难忘的故事。打破寂静的，如窗外海鸥飞过时的鸣叫，又如飞机划过天际留下的声音，好似在告诉你，一个故事的结束。或者，一个故事的开始。

窗外的声音似落雨，慢慢将自己拉入梦境，周围烟雾缭绕，像走在哈尔施塔特的湖畔，又像站在布加勒斯特的七层楼阁上……鸟叫声在远处回响，安静得如同踏入空灵之境。隐约看见了一栋蓝白相间的房子，花窗下那只慵懒的猫，好像在对我说：你的一生注定要如此度过。

等我的旅途结束，我的时间都耗尽了，我就会回来，你是否还在？

回　归

　　成长的烦恼是，生活迫使你做越来越多的选择，而你却没有足够的自信。从填报高考志愿起，就注定了在将来，你要熟悉哪一座城市，并永远留下不一样的记忆。有人说过，比努力更重要的是选择！你认真选择职业，翻来覆去思考要不要和这个人过一辈子，便认为是一生的改变。殊不知，不经意的一个决定，一个细小的行为，就会改变你的一生。

　　努力过后，"命中注定"成了一句安慰的话，情绪有了一丝满足。这样就足够了，何必探究它的实际意义呢？

　　我回到店里，推开关了很久的门，一切依旧。桌子上多了一些灰尘，阳光从窗外照射进来，细微的灰尘在空中飞扬，显得格外宁静，看来它们依然美好。只是，自己就快不再年轻了。

　　我倒上一杯红酒，坐在阳台，安静得只剩下风吹着树叶的沙沙声。伴着醉意，让自己掉落到充满记忆的音符，"从朋友那儿听说，知心的你曾回来过"。

　　今天，我读到一段洒满阳光的文字：

　　把诗和蓝莓酱抹在荞麦面包上，
　　用树隙里的阳光做件毛坎肩，
　　跟猫狗以及啄窗的小麻雀说说话，
　　往深夜的咖啡杯里倒进碎星星，

在心里装一个小女孩。

你如果爱着生活，

生活一定比谁都清楚。

——《德卡先生的信箱》

后来，反而明白，艳羡的爱情不是各自完美，而是相互知足。偶尔，来一段类似"川乡小妹儿"或者"世界厨房"所记录的那样的爱情。

日子过得越来越快了，客人来来往往，而我总希望有一天那个女孩会再次出现在靠窗的位置。因为柜子里那一瓶带有海水记忆的红酒，我想在快要忘记它的味道之前找一个人来一起喝掉。但她没有出现。自己好像有一种感觉，某件事情无论好坏，如果我预测一个自己希望的结果，这个预测过程是自己刻意去产生的，并且这时我在另一个维度空间产生一种潜意识，那最终实际的结果往往不会像预测的那样。所以当我刻意去想，那个女孩会如我希望的那样出现，我就已经知道，她一定不会出现了。

有些人，还没来得及好好说再见，便从生活中消失了。

我们无法逃避现实，你总会记得接下来要做什么。明天要上课或要上班，后天要结婚或要生孩子，你遵循着社会的方向去努力。"浸泡"在社会几十年后，它教会了你追求什么，教会了你找到兴趣爱好，而且只教会你这些。那是凡尘俗世的警世恒言，所以你未曾想过改变，不敢，不愿意。就像现在的我，我会回来，延续自己的记忆，开始下一秒的生活，这是老天早就知道的事情。

只是，当 Doar pe a ta 的旋律在远行的火车上响起，那些梦幻般的过去如晴朗夜空的月光，清澈明亮，依然让人怅然若失。

我忧伤于它只是回忆，下半生不再出现。

在一列远行的火车上，回望过去，人生就像一部历险记，不停折腾。如果可以，我甚至想剖开头颅，看看里面究竟藏了什么，如此的不同。

后来的人生是要做减法的。如果有下一个不安分的冲动，那就在一条春天的路上，偶遇一片池塘和一个院子……

终于，在一个阳光明媚的日子，走进一座白色教堂，轻轻闭上眼睛，祈祷这样的未来……

遇到她的那天，依然是在店里，没有一点防备。一个隔着窗的笑容，出现在另一边的阳台，像是远方一个坐在海边礁石上的身影，等待归帆。或许，是我递红酒时不小心触碰了她的指尖。于是，在这个阳光快散去的温暖下午，"余生不会再有爱"的记忆从此成为过去。

远处，一只小鸟向无尽的天边飞去。从此以后，便不再留恋窗外，不再在玄幻般的文字中游离。走入社会，消失在人潮中。

我最终还是对自己说了一句：命中注定。然后，日子过得心甘情愿。

所有的欲望，在后来变得简单而不遥远，记忆的世界小而宁静。生活过得迷人，认真到可怕。

所有的过去，是穿过一片修行的山谷后，回到了一条和所有人一样的有路标的大路上。

在简单的厨房里，一碗米饭，一块香煎马鲛鱼，就很幸福了。就像，回到了最初出发的地方。

即便寒冬到来，也不再害怕了，哪怕它很长很长。

又是一个春天到来……临睡前走过房间的窗台，我没有停下来听淅淅沥沥的细雨，没有留意窗外花草散发的芬芳，没有留恋远处朦胧的街灯，不再倚窗而望，我快速关上窗门，躺在舒服的床上。记忆不再任意畅游，因为尚未等思绪泛起，我便已悄然入睡了。就像，喝下了一碗用平生流过的眼泪熬成的汤。

唯有梦中，轻轻弹奏的钢琴声依旧从连绵无尽的远方传来。窗外白色的屋顶，飞翔的鸽子。还有那些熟悉的脸庞，那一张张丢失的照片……在枫林中，阳光正好穿过叶子的缝隙洒落在你的脸上……我坐在无人的长椅，好奇未知的人生哲学，揣摩你的、我的、他/她的哲学世界。过去的日子，清晰得如同雨过天晴的世界。

后来，走过一个挂满绿叶的房子，屋顶有美丽的琉璃瓦，有个女孩在窗前专心做着裁缝设计，播放着歌曲 *Memory*。似是提醒人们有些路途该结束了……于是，又一次摸着查理大桥上古老的铜像，虔诚地许下愿望：希望家人平安，希望不知身在何处的你不再在深夜彷徨，希望自己不要再纠结得失，一切的遗憾与欲望如同夏末风雨，落下便散去，清澈干净。直至有一天，追随山谷中飞过的小鸟，在春暖花开时，高歌陶醉，也未曾想到来年冬天离去的凄凉。

Daylight, I must wait for the sunrise.

I must think of a new life.

And I mustn't give in.

When the dawn comes.

Tonight will be a memory, too.

只是偶尔的不幸运，在半夜被雷声惊醒，过去和现实的相遇，让我在这个清晨莫名多了一丝烦恼。不巧，传来一首哼过的歌："有一天晚上，梦一场，你白发苍苍，说带我流浪……"

有人说：梦，有神奇的力量，它偷偷改变了你，你却不知道。

不知不觉中，形成了一种习惯，喜爱漫无目的地徘徊在安静的老城，行走在铺满青石板的老巷，嗅闻春色。偶然一天，一位从深山过来的老人说："在一个遥远的地方，那里仙气十足，有位世外高人能修改记忆。""真的吗？那无论跋山涉水，我都要去看看。"

于是，我启程了。

可是，走了很久，突然听到一个曾经用心记住的声音，一个在院子里翻土的声音。那是一个没有比较的世界，纯粹得只有记忆。有人将它化作美丽的诗句，藏着一个个过去的音符，足够余生聆听。原来，到过天上，就注定是下不来了的。

最美的风景也敌不过一个美好的故事。

时光珍贵，我自月朗风清，岁月静好。愿你归来时，仍是少年。

关于这一段不寻常的旅程，我想，我犹豫了。

我终于完全醒来了。像在一辆长途汽车上，靠着车窗醒来。推开一扇窗户，满园花香，又是一个阳光温暖的早晨，和记忆中的一样。风，把所有的春天都揉进了一个清晨。

有一抹记忆一直残留着。在小时候的一天黄昏时分，我坐在小院子的石阶上看一本武侠小说，幻想独自一人仗剑走天涯，走过丛林和荒漠，经历痛苦和快乐，偶遇多情与浪漫。终于在某一天，嗅着庭院花香潇洒归来，带着别人看不懂的微笑……直至父亲推门回来，我才记得合上书本，抬头时，看到晚霞在远处的山顶上，才发觉天色已晚。我想，山那边应该是很远的地方了。长大后走过很多地方，我想我仍然不会告诉小时候的自己，这个世界其实很大。

原来有些幸福的萌芽，在很早以前……

在秋天收割后的田野中，闻着稻草的味道，我向着远处家乡的方向奔跑。我想终究有一天，我还要回到那个地方，迎着风，朝着阳光，你我永远都是一个孩子，永远……

浅蓝色的书本，只是一人的半生哲学，行走中的记忆，和其他人都不曾相同。